先"疯"队 03

如来神爪 编

肥志 绘

生活大爆笑

爆笑减压读物

随时随地　玩转轻松

北方文艺出版社

目录 CONTENTS

童年的时光机
@我是肥志

妈～你快看这好帅呀～
嗯？

妈～这是今年最兴的时尚～买给我吧！！

现在开始流行穿破裤子么？
?!

没门没门花钱买破裤子。。。

当天晚上。。。
嘿嘿嘿。。
咦?!
肥志!?
一惊
你看你你干了啥!
唯一一条牛仔裤

因为之前把裤子剪烂了

新裤子要洗过才能穿知道没
知道啦~

老妈子最后不得不如愿给我买了喜欢的裤子~~

明天就能穿了嘿嘿~~

待续...

ToBeContinued

拨霸、面霸、巨无霸

拒无霸

凡看到公司招聘的联系电话都要拨一下的，称为“拨霸”；凡公司招人都投简历的，称为“投霸”；凡参加笔试都会接到面试通知的，称为“面霸”；凡面试都过关斩将拿到录用通知的，称为“录霸”；求职过程屡屡被拒、机会全无的，被称为“拒无霸”。毕业生的痛啊……

表姐的工作

看到电视里出现了几位空姐，儿子问：“爸爸，什么是空姐呀？”

爸爸：“空姐就是在空中服务的工作人员。”

儿子惊奇地叫道：“啊？我知道了！表姐一定是在钟表店里工作了！”

你嘚瑟个啥

圣诞节和老婆逛街，谁知道在街上遇见多年未见的班花。她问我最近都忙啥，我如实回答：“这两天很忙。昨天给中石油下了个单，今天签订了与电信的合约。明天还要去谈一个与联通苹果三方合作的方案。”媳妇从后面给了我一脚，吼道：“加个油，装个宽带，买个手机，你嘚瑟个啥？！”

这是个好战术

买了晚上 7 点 40 分的电影票，可约的妹子 7 点钟才到，如此一来，就没时间吃饭了，于是哥又去买了两张 8 点 40 的票。到了饭店，华丽丽的有

十几个人排在我前面，哥看到靠窗桌子上的情侣貌似吃完了，走过去掏出那两张 7 点 40 分的电影票说：“我请你们看电影，你们能不能把桌子让给我们？”那哥们儿开心地吼了一句：“服务员，结账！”

酒驾

一哥们儿爱喝酒，平时也给四岁的儿子用筷子蘸点喝。一天应酬喝酒带着儿子，也给儿子喝了点。半路，被交警拦下吹气，显示超标。这哥们儿说我没喝酒怎么会酒精超标呢？随手把测试机塞到儿子嘴里吹，也超标。这哥们儿对交警说你这东西坏了，连小孩吹都超标。交警半信半疑，将哥们儿放走了。

兄弟吵架

兄弟俩吵架，弟弟骂道：“你妈的！”哥哥回骂：“你妈的！”爸爸怒着冲过来，打了每人一个耳光，训斥道：“吵什么，他妈不是你妈？你奶奶的！”

我想给你买花

和老公结婚三个月了，老公是名厨师，工作很忙，平时几乎没有什么花销，工资全部上交，每个月也就两三百零花钱。圣诞节到了，别的老公都送老婆鲜花，巧克力什么的，我老公弱弱地对我说：“老婆，能给我 100 块钱吗？我想给你买花……”

这场恋爱我谈不下去了

男人接起电话，话筒里传来："亲爱的，今晚我不回来了，我在妈这儿，和我妈睡。"他挂断电话，轻描淡写地对躺在身边的女人说："面对这样的欺骗，这场恋爱我谈不下去了，给你女儿带个话吧。"说罢，转身离去。

一万只草泥马在心里奔驰

1. 70 后父母坚毅地对孩子说："孩子，我们和上辈的父母不一样，等我们老了，会直接去养老院，你不用考虑我们，勇敢地去走你自己的人生路吧！"

孩子一听就哭了："你们的意思是我不能继续住在家里，也不能花你们的养老金了？"

2. 某大学 BBS 上出现了一个帖子。征女友：条件一，性别女；条件二，会拌土豆丝。PS：如果条件二满足得特别好，条件一可以适当放宽。

3. 中午在办公室闲着没事，我从抽屉里拿出小镜子和剪子，把我有些长的刘海儿给剪了。晚上回到家，我拉住老公问："看看我这刘海儿剪得怎么样？"

老公瞟了一眼嘟囔道："不怎么样。"

我说："我没去理发店剪，自己瞎剪的，一分钱没花。"

老公盯着我的刘海儿仔细看了看，说："不错，真不错，你怎么不早说呢？"

4. 最近老公经常抱着儿子在被窝里面看《喜羊羊与灰太狼》。今天早上我做完饭想去卧室给儿子穿衣服，刚进房间就听到老公在那儿很 high 地唱："虽然我只是一只狼，但是我不是一只色狼，就算是色狼我也不 QJ 羊，啦啦啦……”当时我就明白一万只草泥马在心里奔驰而过是什么感觉了。

5. 记得初中时，学校体检测肺活量，大家排着队对着滤嘴呼气。我当时测完后肺活量数值是3000多，然后一哥们儿竟然吹出个个位数。医生一皱眉说：放屁都比你这数多！

6. 室友最近精神恍惚，我问他咋了？

他苦恼地说："中毒了。"

我不解："中的什么毒？"

他答："唉，孤独（毒）！"

7. 上大学时，我们从来不买筷子，都从食堂拿，食堂的筷子屡丢不止。一次，一个二货不知道想啥，当着食堂阿姨的面儿拿了双筷子就往袖筒里塞，阿姨大喝一声："干吗？！"

这货一抖，贼贼一笑说："筷子不干净，我擦一擦！"

8. 宿舍生存秘籍：莫笑同学丑，莫笑同学娘，莫管同学饭，莫叫人起床。大忌绰号含贬义，二忌碍人打游戏，三忌走路和回首，四忌宿舍做生意。打牌之前锁好刀，毕业以后别联系！

笑言囧语大串烧

1. 人世间最快乐的事就是看着你慢慢变老，而我依旧青春年少。

2. 东北的冬天，特别适合拍一部电影:《人在囧途之泰冷》。

3. 失败是成功的学费，成功是失败的成绩单。

4. 一男子在海边捡到盏神灯，踩扁后，丢进了蛇皮袋。

5. 你知道男人这一生最痛苦的事情是什么吗？是没媳妇。那你知道男人更痛苦的事情是什么吗？有媳妇，跟别人跑了。

6. “听说过《盗梦空间》吗？”“没有，我一般只用QQ空间。”

7. 别跟姐说白头偕老，姐要永远黑发飘飘。

8. 下辈子做只金钱豹，生下来就带着钱，死也带着钱，谁管我要钱，先扒了我的皮再说!

9. 象征自由的自由女神像其实一点都不自由，站在那里，100多年动都不动。

10. 我的幸福由你独家赞助。

11. 人类的发型有两种：一种是方便面，一种是挂面。

12. 老板，你再不给我加工资，以后我卖东西就不再短斤少两了。

13. 小饭馆对联：天不管地不管酒馆饭馆，哭也罢笑也罢吃吧喝吧。

开裆裤这么好，你怎么不穿？

心急的患者

有个人腿肿了，去医院找医生，医生为他做了仔细检查，给了他一大粒药丸。医生说：“我去拿些水，马上就回来。”可这人等得不耐烦了，他一瘸一拐地走到饮水机旁，硬是把药丸塞进了喉咙，大口大口地喝水，将药丸冲了下去。这时，医生提了壶热水回来，说：“好了，药丸溶解后，把那条肿腿在药水里泡 30 分钟！”

购物早了些

法官问受审人：“你干了什么坏事呀？”

“我今年圣诞节购物早了些。”犯人哭着回答。

“那并不是件坏事，”法官说，“到底多早啊？”

“商店开门之前。”犯人答道。

开裆裤这么好，你怎么不穿？

早上，妈妈给儿子穿衣服，儿子就是死活不配合。

妈妈温柔地劝说：“宝宝乖，你看穿开裆裤多方便呀，在幼儿园上厕所也不需要大人帮忙了。”

没想到儿子反问道：“开裆裤这么好，你怎么不穿？”

包装

妻子坐在沙发上剥橘子，问："老公，吃橘子吗？"

丈夫问："甜不甜？"

妻子："差不了，橘子皮上贴着'蜜橘'字样呢。"

丈夫听了抬头看了她一眼，说："咱俩认识的时候，介绍人还说你脾气好着呢。可结果呢？不能信包装啊！"

老相

有个高中生长得特老相，这天他乘公交车去学校，旁边一位男子问他："大哥，你去哪里？"高中生经常遇到这种事，很随便地回答说："三中。"男子又问："是去看孩子吧？现在孩子上学挺苦的……"高中生没吭声，男子还是接着问："大哥，你孩子上高几了？"高中生烦了，顺口就说："高一！"男子异常惊奇地看着高中生，老半天才说："大哥，你结婚挺晚的啊！"

称体重

女人："老板，称一次体重要花多少钱呀？"

小老板看了看她，道："可能两元，也可能 4000 元。"

女人："为什么？"

小老板："称一次是两元，把秤压坏了是 4000 元。"

起外号

同学姓马，叫童童。我们都叫她"马桶"。结果小姑娘哭闹着要求改名。最后改名马心童。于是，她的外号也变成了"新马桶"……

可怜的老十三

表弟来家做客，我无意中看到他胳膊上有烟头烫出的印子，遂对其进行

批评教育，表弟的回答是："当初年轻不懂事，跟同学拜把子落下的，因排行老二，烫了两个。"我问："一共几个同学？"表弟说："13 个。"当时我就在想，可怜的老十三啊……

买胸罩

某天上街去买胸罩。老板要价贵了，本人扭头走了。想等老板追出来还价。谁知都走了好久，老板才出来。大喊："姑娘，70A 的就剩这一个了。你要就拿走吧！"我不回头！他不是在叫我！不是！

抢劫

一女穿着貂皮大衣走在街上，从后面跑来一男子，将其大衣扒下，接着给她一记耳光，怒曰："这么贵的玩意儿，不让你买，你非要买！"然后转身扬长而去。街上众人皆以为是夫妻，该女原地发蒙良久，大叫："抢劫啊！"

遇到上课睡觉的男生，你就嫁了吧

如果在大学课堂上，你的身边有一个上课爱睡觉的男生，你就嫁了吧。第一，他不打呼噜。第二，天天睡觉还能考上大学，说明他智商高。第三，睡觉不盖被却不感冒说明他身体好。第四，上课只顾着睡觉说明他肯定没时间和漂亮姑娘乱传情。

斗牛士

一斗牛士在乡间喝酒，朋友们劝他不要多喝，可他为了逞能，喝到摇摇晃晃，然后抄近路赶往赛场。已有一头公牛卧在场上，斗牛士马上握住公牛双角与之剧烈搏斗，最后公牛落荒而逃。事后斗牛士向朋友们说："刚才我就是多喝了一点，不然非把自行车上的那小子拽下来不可！"

纸条

上课时，某女同学传来一张纸条，看到内容我真的很想扁她，上面写的是：在吗？

网吧老板的请求

我是一初中老师，酷爱CF。学校旁边有一个网吧，平时周末爆满。某天下午，我和另外三个同事去网吧一起玩。整个下午一半机子都是空的！网吧老板和我们闲聊得知我们是老师后，立刻送上红茶，说："兄弟，以后别来了行不？"汗！

游戏告诉我们的那些事

《俄罗斯方块》告诉我们：犯下的错误会积累，获得的成功会消失；

《植物大战僵尸》告诉我们：须常调整状态，方能应付不同挑战；

《愤怒的小鸟》告诉我们：有时沉下身心，是为了飞得更高；

《跑跑卡丁车》告诉我们：永远别觉得时间还多，可以浪费。

为师的寂寞你不会懂

1. 张无忌对张三丰说："太师父，武当山的生活太寂寞了，只有清风和明月两个朋友能陪我玩。"张三丰叹了口气："已经很不错啦，至少还有清风明月呢。想当年我在少林寺的时候，也是只有两个朋友，其中一个也叫清风……""那另一个呢？""叫心相印。"

2. 开学典礼上，校长发表演讲："孩子们，知识是大海，是大江。我们学习知识，就像拿一把小小的勺子，在大江大海里舀水一样……"突然，人群中传来一个失望的声音："完了！我妈妈给我带的是叉子！"

3. 我买了瓶美白护肤品，每天起来都细细地抹。半个月过去了，有天晚上我缠住正看新闻的老公："老公，你看看，我是不是变白了？"老公抬头瞅了我一眼，又扭头看看灯，幽幽地吐出一句："咱家的灯咋越来越暗了？"

4. 单位要分房，老婆催小王请局长吃饭联络感情。小王不会说场面话，老婆点拨他，局长业余时间爱写作。

饭桌上，小王说："局长是文学爱好者，我拜读了您不少大作！"

局长嘴上谦虚，自得之色溢于言表。

小王一看有戏，趁热打铁继续，他望着又黑又胖的局长，脱口而出："真是人不可貌相啊！"

5. 小侄子放学以后兴冲冲地跑回家，跟他妈妈说："妈妈，妈妈，老师今天表扬我来着！"

他妈妈一听，特纳闷，平时他可是光挨批评的啊！就问他："老师今天表扬你什么啦？"

我那小侄子一咧嘴："老师说啦，今天所有罚站的同学里，我站得最直！"

6. 发现我的粉丝越来越多了，孩子老师要我签名，银行取钱时工作人员要我签名，送快递的要我签名，就昨天没戴头盔，交警同志追了我两公里也要我签名！

7. 我想，出轨前必须做好万全的准备，首先，我需要一个老婆。

同学你是在用莫尔斯电码传答案吗？

1. 考试时，有一哥们儿大概是考前没吃好，考到一半时放屁了。那个屁时断时续，短一声长一声的。考生开始偷笑，监考喝止："不许笑！"那哥们儿吓得收紧菊花。可是他过分相信自己的括约肌了，又开始放。监考怒了："同学你是在用莫尔斯电码传答案吗？！"

2. 丈夫："马丁的老婆死了。"
妻子："噢，怎么死的？"
丈夫："马丁出去喝酒，他老婆不让，马丁一气之下，拿枪把她杀了。"
妻子："天哪，这真是太恐怖了。"
丈夫："好了，现在我也要出去喝酒了，你有什么要说的吗？"
妻子："是的，亲爱的，现在枪在我手里，你有什么要说的吗？"

3. 五岁的小明睡觉前，和奶奶聊天，他跟奶奶立志道："我以后要出国留学，然后回来挣好多好多钱，给我爸爸买辆轿车！"奶奶很欣慰，接着问小明："然后呢？"小明不假思索地告诉她："让爸爸开着轿车，送我去幼儿园！"

4. 新闻《××总裁因强奸门而辞职》后有网友跟帖："谁这么畜牲，连门都强奸！"《佟大为妻子生下一女婴》后有网友跟帖："佟大是谁啊？这么厉害！"

5. 婚礼前，新郎问主持人："主持一场婚礼多少钱?"主持人说："新娘子越漂亮价格就越高!"新郎不好意思地给了主持人一块钱。主持人一愣，回头看了一眼新娘，然后又找回了五毛。

6. 老师："避孕套和降落伞的区别是什么?"男生："一个保护上头，一个保护下头。"女生接着答道："降落伞破了少一个人，避孕套破了多一个人。"

7. 我喜欢的女孩的 QQ 签名写道："没有人会一直帮我，没有人会陪我一辈子。"于是乎，我把网名改成了"没有人"。两天后她删除了那个签名，然后，就没有然后了……

8. 化学中有一个神奇的东西，它不溶于酸、不溶于碱，不溶于盐，不溶于有机物。它水火不侵，百毒不伤，无论是在喷灯上加热，还是通上高压电，都毫发无损。它拥有最稳定最优秀的化学性质，却总被人遗弃，它的名字叫：杂质。

9. 皇帝对身旁的小李子说："你用一个字来形容朕。"小李子回答："喳(渣)!"然后，小李子就被砍了。

10. 在公厕里，忽然听到厕间有人说话："朋友，有手纸吗?"

我翻了翻口袋："抱歉，没有。"

过了几秒，那人又问："朋友，有小块报纸吗?"

我无奈地一笑："对不起，没有，我只是来尿尿。"

又过了几秒钟，从厕间门缝塞出一张 10 元人民币。

"朋友，能破成 10 张一块的吗?"

然后我给了他 10 个硬币。

11. 和二货女友一起看《熊出没》。

我："熊会爬树吗？"

二货女友："会吧。"

我："那如果一头熊追你肿么办？"

二货女友："那就答应它。"

12. 近日被一男子追求，无感，该男子死缠烂打，于是向朋友求救甩掉那男子的办法。

损友 A："让他看你不化妆的样子！"

损友 B："别穿塑形内衣了！"

13. 青年医生："我明天就要挂牌营业了，您能否向我传授一些经验？"

中年医生："账单要写得清楚些，而药方则要写得潦草一点。"

14. 某外语学院某班 50 人，48 个女生，2 个男生。然后，然后……这两个男生慢慢地相爱了。

15. 尼采来中国面试，面试官问："你叫什么？""尼采。""猜你个姥姥啊！下一个！"

16. 蝙蝠深爱麻雀，却被拒绝，蝙蝠痛心地问："为什么，这一切都是为什么？"麻雀说："俺妈说了，长得黑也就算了，总爱晚上出去的男人都不是好鸟！"

17. 过马路的时候遇上红灯了，朋友意欲前行，我叫住他："灯，等灯等灯！"朋友回过头来鄙夷地对我说："就你有英特尔啊？"

18. 舅舅来家里做客，小文却对妈妈说："妈妈，我要去动物园看猴子。"妈妈立即怒骂道："看什么猴子？你舅舅在这儿，你还去什么动物园？"

19. A：你有《时间简史》吗？

B：神经病，我有时间也不捡屎！

20. 刚刚在筛简历的时候，看到某毕业生简历——获奖经历：在校期间多次获得康师傅"再来一瓶"奖励。

21. 女人说："你们男人总骂女人是祸水为什么还娶女人？"

男人说："你没听说因祸得福么？"

内涵！美国老师和中国老师讲《灰姑娘》

美国版：

上课铃响了，孩子们跑进教室，这节课老师要讲的是《灰姑娘》这个故事。

老师先请一个孩子上台给同学们讲一讲这个故事。孩子很快讲完了，老师对他表示了感谢，然后开始向全班提问。

老师：你们喜欢故事里面的哪一个？不喜欢哪一个？为什么？

学生：喜欢辛德瑞拉（灰姑娘），还有王子，不喜欢她的后妈和后妈带来的姐姐。辛德瑞拉善良、可爱、漂亮。后妈和姐姐对辛德瑞拉不好。

老师：如果在午夜 12 点的时候，辛德瑞拉没有来得及跳上她的南瓜马车，你们想一想，可能会出现什么情况？

学生：辛德瑞拉会变成原来脏脏的样子，穿着破旧的衣服。哎呀，那就惨啦。

老师：所以，你们一定要做一个守时的人，不然就可能给自己带来麻烦。另外，你们看，你们每个人平时都打扮得漂漂亮亮的，千万不要突然邋里邋遢地出现在别人面前，不然你们的朋友要被吓着了。女孩子们，你们更要注意，将来你们长大和男孩子约会，要是你们不注意，被你们的男朋友看到你们很难看的样子，他们可能就吓昏了（老师作昏倒状）。好，下一个问题，如果你是辛德瑞拉的后妈，你会不会阻止辛德瑞拉去参加王子的舞会？你们一定要诚实地回答哟！

过了一会儿，有孩子举手回答：是的，如果我是辛德瑞拉的后妈，我也会阻止她去参加王子的舞会。

老师：为什么？

学生：因为，因为我爱自己的女儿，我希望自己的女儿当上王后。

老师：是的，所以，我们看到的后妈好像都是不好人，她们只是对别人不够好，可是她们对自己的孩子却很好，你们明白了吗？她们不是坏人，只是她们还不能够像爱自己的孩子一样去爱其他的孩子。孩子们，下一个问题，辛德瑞拉的后妈不让她去参加王子的舞会，甚至把门锁起来，可她为什么还能够去，而且成为舞会上最美丽的姑娘呢？

学生：因为有仙女帮助她，给她漂亮的衣服，还把南瓜变成马车，把狗和老鼠变成仆人。

老师：对，你们说得很好！想一想，如果辛德瑞拉没有得到仙女的帮助，她是不可能去参加舞会的，是不是？

学生：是的！

老师：如果狗、老鼠都不愿意帮助她，她可能在最后的时刻成功地跑回家吗？

学生：不会，那样她就可以成功地吓到王子了。（全班再次大笑）

老师：虽然辛德瑞拉有仙女帮助，但是，光有仙女的帮助还不够。所以，孩子们，无论走到哪里，我们都是需要朋友的。我们的朋友不一定是仙女，但是，我们需要他们，我也希望你们有很多很多的朋友。下面，请你们想一想，如果辛德瑞拉因为后妈不愿意她参加舞会就放弃了机会，她可能成为王子的新娘吗？

学生：不会！那样的话，她就不会到舞会上，不会被王子遇到，认识和爱上她了。

老师：对极了！如果辛德瑞拉不想参加舞会，就是她的后妈没有阻止，甚至支持她去，也是没有用的，是谁决定她要去参加王子的舞会？

学生：她自己。

老师：所以，孩子们，就是辛德瑞拉没有妈妈爱她，她的后妈不爱她，这也不能够让她不爱自己。就是因为她爱自己，她才可能去寻找自己希望得

到的东西。如果你们当中有人觉得没有人爱，或者像辛德瑞拉一样有一个不爱自己的后妈，你们要怎么样？

学生：要爱自己！

老师：对，没有一个人可以阻止你爱自己，如果你觉得别人不够爱你，你要加倍地爱自己；如果别人没有给你机会，你应该加倍地给自己机会；如果你们真的爱自己，就会为自己找到自己需要的东西，没有人可以阻止辛德瑞拉参加王子的舞会，没有人可以阻止辛德瑞拉当上王后，除了她自己。对不对？

学生：是的！！！

老师：最后一个问题，这个故事有什么不合理的地方？

过了好一会儿，有学生回答：午夜12点以后所有的东西都要变回原样，可是，辛德瑞拉的水晶鞋没有变回去。

老师：天哪，你们太棒了！你们看，就是伟大的作家也有出错的时候，所以，出错不是什么可怕的事情。我担保，如果你们当中谁将来要当作家，一定比这个作家更棒！你们相信吗？

孩子们欢呼雀跃。

中国版：

上课铃响，学生、老师走进教室。

老师：今天上课，我们讲灰姑娘的故事。大家都预习了吗？

学生：这还要预习？老得掉渣了。

老师：《灰姑娘》是格林童话还是安徒生童话？他的作者是谁？哪年出生？作者生平事迹如何？

学生：书上不都写了吗？不会自己看啊？

老师：这故事的重大意义是什么？

学生：得，这肯定是要考的。

老师：好，开始讲课文。谁先给分个段，并说明一下这么分段的理由。

学生：前后各一段，中间一段，总分总……

老师：开始讲课了，大家认真听讲。

学生：已经开始好久了……

老师：说到这里，大家注意这句话。这句话是个比喻句，是明喻还是暗喻？作者为什么这么写？

N 个学生开始睡觉……

老师：大家注意这个词，我如果换成另外一个词，为什么不如作者的好？

又 N 个学生开始睡觉……

老师：大家有没有注意到，这段话如果和那段话换一换位置，行不行？为什么？

学生：我又不是你，我怎么会注意到啊？

又 N 个学生开始睡觉……

老师：怎么这么多人睡觉啊？你们要知道，不好好上课就不能考好成绩，不能考好成绩就不能上大学，不能上大学就不能……你们要明白这些做人的道理！

老婆，大夫说你这病治不了了

1. 下班的时候下起了雨，道路湿滑拥堵，我见路边有个姑娘，冒雨站了好久也没能打上出租，实在于心不忍，就把车开过去，摇下车窗善意地提醒她："姑娘，你这么丑，是打不到车的。"

姑娘微微一笑说："这就是你买车的原因吗?

2. 有个哥们儿有点二，大学毕业当了警察。前段时间抓了一个传销头子，老警察都不想审，因为证据确凿，就让这哥们儿去了，结果审到大半夜，他和嫌疑犯一起失踪了。后来把人抓回来才知道，这货居然被传销头子说服了，一起去搞传销了。

3. 医生对老公说："你老婆的身体没什么大问题，你回家后凡事顺着她一点，尽量别跟她吵架，有什么要求尽量满足她，最好一年带她出去旅游两次，让她保持精神愉悦，很快就会好起来的。"

老公回家，对老婆说："老婆，大夫说你这病治不了了。"

4. 男友养了个仙人球，养了好久，特喜欢。有一天和他小吵了下，趁他出去，把他的仙人球的刺儿全拔了。一会儿他回来了，给我带了很多好吃的，我这心啊，说不出的难受，转身一看仙人球，害怕他生气，就把刺儿又扎回去了。

5. 年终奖发少了，要记得灌老板酒哦，然后要记得让他自己开车回去哦，为了他的安全，要记得赶紧报警哦……你不让我过好年，你就在里面过年吧！

6. 圣诞节，男朋友像圣诞老人一样拿出一只装着礼物的袜子，让我猜猜看是什么礼物，苦逼的我这个猜呀，都木有猜对，最后男朋友把袜子递给我，打开一看，原来是另一只袜子……

7. 一哥们儿，有点脑残，闲得无聊跟其女友开玩笑说："有个男的给我发信息说他是你老公。"其女友瞬间脱口而出："怎么可能！他不知道你号码的。"然后，就是死一般的寂静，再然后，就没有然后了……

8. 一位剩女问她的闺密："你告诉我，为什么我总是得不到男性的好感？"闺密说："你不要总是一副高高在上的样子，要学会赞美男性。"剩女若有所思，坐的士回家时，她想不妨试验一下，于是，她对相貌平平的男司机说："大哥，你好帅啊！"司机停下车，回过头问："你是不是忘带钱了？"

9. 我是救护医生，今天一个病人对我说他只有六个月的生命了，我想说点鼓励的话，于是安慰道："六个月，很快就过去了，坚强点！"

爆笑囧事，让你哭笑不得

1. 妻子在家听广播，听到一则报道，妻子连忙拿起电话。妻子："老公啊，我刚听广播里说，高速公路上有一辆车在逆行，你千万要小心啊。"老公："哪是一辆啊，我看有好几百辆车都在逆行。"

2. A和B的车相撞。A下来看了看，觉得车没多大问题，说算了吧。B也笑着说没什么问题，顺手从车上取出一瓶酒。B："大哥，车没什么大问题，喝点酒压压惊吧！"A接过酒喝了一大口，递给B，说："大哥，你也来点吧。"B："我不急，等警察来了看过以后我再喝。"

3. ①"你小时候曾幻想过长大以后什么样的场景会让你在众人面前出尽了风头吗？"

"挑一担粪上街，看谁不顺眼就迎面给他泼一瓢！"

②"我有100万，想买一辆车，大家给个建议吧。"

"你可以买30辆奇瑞QQ，组个车队开，一会儿排成S形，一会儿排成B形。"

③"我得了健忘症怎么办？"

"那岂不是很爽？每天早晨醒来发现睡在自己身旁的都是不同的女人。"

4. 某有才网友的《江城子·IT》：十年科技两茫茫，百度兴，谷歌亡。华为中兴，思科话凄凉。惠普戴尔用联想，推特泪，脸书殇。阿里巴巴新股王，

马化腾，山寨王。新浪微博，雅虎泪千行。料得年年断肠处，找工作，富士康。

5. 我家孩子四个月大，带回他外婆家，在换纸尿片的时候，小侄子过来看，我就说："你知道吗？你小时候也用这个。"他就不屑了，说："我妈这么大了还经常用呢！"

6. "10 元一个，不花钱、送电池、会发光、摔不坏、砸不烂，不伤宝宝手、容易操作，外面没的卖啊！厂家直销。来，给宝宝买一个！""买一送一我就买！""20 元买一送一！你看孩子多喜欢。""不要钱？""不要钱，要爸爸的钱，要妈妈的钱，不要孩子的钱！"

7. 刚刚买电视机的奶奶看完奥运会百米赛跑后，告诉邻居说："哎呀呀，昨天电视真吓人，几个挖煤的人只穿着背心，大概是犯了什么事，齐齐地跪成一排，一个拿枪的看着他们，是要枪毙呢！那拿枪的没瞄准就来了一枪，结果一个也没打中。那些小伙子那个跑呀，是给吓的。到处是人，唉，哪里跑得掉呀，真是可怜，前面还有一根绳子拦着，娃娃们急了，都冲过去，没想到还有人拦在前面，一把就抱住了跑在最前面的，不知道后来怎么折腾他们呢……"

8. 鄙人姓庄，刚才俺媳妇说："咱要是有儿子的话就起名叫庄比，女儿的话就叫庄纯吧。"

9. 某温泉中心声称能治百病，一人问："这儿的泉水对身体有这么大好处吗？洗温泉浴病就会好吗？""当然啦，举个例子，去年来了个老头儿，身体僵硬得要坐轮椅，住了一个月后，到要付账的时候，他看了一眼结账单站起来就跑了。"

大师兄，师父被卖到黑煤窑啦

1. 清晨，唐僧从梦中醒来，发现孙悟空跪在自己的床前，于是便问："悟空，你怎么了？"孙悟空满脸泪水，说："师父，我求您了，下次说梦话，咱不念紧箍咒，行吗？"

2. 悟空因三打白骨精被唐僧撵回花果山，几个月后猪八戒突然来访，进门就哭。悟空问："队伍到哪儿了？"八戒答："临汾。"悟空又问："可是又遇见妖精了？"八戒答："没有。"悟空急："那你哭什么？"八戒更加伤心："大师兄，你快回去吧！师父被人卖到黑砖窑去了，我们都找仨月了。"

3. 取经队伍到达贫困地区，几天化不到斋，悟空因为要保护师父，只好让沙僧和八戒去远处城里找吃的。第一天去，都空手回来，因为没有钱。第二天去，还是空手回来，因为没有钱。悟空大怒："再找不到吃的，就别回来了！"第三天傍晚，沙僧高高兴兴地背着一大袋子米，还剩了好多钱。悟空大喜，又问："八戒呢？"沙僧顿时伤心地哭道："大师兄，原谅我吧，咱们这么多人，就二师兄能卖到16块钱一斤！"

4. 师徒四人到达一个大城市，悟空化斋，沙僧收拾行李，八戒出去遛马。晚上八戒空手而归，唐僧问："白龙马呢？"八戒说："被交警扣了。"唐僧问："为什么？"八戒说："它放了个屁。"唐僧说："放个屁也不至于被扣啊！"八戒说："警察说他们这儿要办绿色奥运，它尾气超标了。"

5. 悟空化缘回来发现师父不见了，沙僧和八戒蹲在地上哭。悟空问："师父呢？"八戒说："丢了。"悟空说："快去找呀！"沙僧说："到处找遍了，没有。"悟空又找了一圈，也没有找到。三个人正发愁，忽然悟空问："师父这个月房贷交了吗？"沙僧说："没有。"又问："养路费交了吗？"沙僧答："也没有。"悟空说："都洗洗睡吧，师父丢不了，有银行和交警看着呢！"

6. 唐僧师徒路过狮驼岭，狮子精抓了唐僧，悟空费尽千辛万苦，终于战败了狮子精。正欲将其打死，突然文殊菩萨来到，说那是他的坐骑，带了狮子精扬长而去。悟空大骂。八戒劝道："算了吧，大师兄，人家是领导的司机，也算公务员呢。"

7. 唐僧师徒到了西天门外，见五百罗汉背着行李往外走，忙问何故。众罗汉叹气说："你不知道，再过几天，'新劳动法'就实行了，我们这些临时工都被遣散了。"唐僧问："菩萨们呢？"罗汉说："他们日子也不好过，西天为了规避'新劳动法'，都强迫他们跟 ×× 公司签约了，以后就是第三方公司外派到西天工作的。"

8. 唐僧等人取经有功，被封为菩萨佛爷，几人高高兴兴到西天各处找房子，几天后败兴而归。唐僧说："咱哥儿几个还是回去吧，西天房价太高，咱连首付都交不起。"沙僧说："不是听说有经济适用房吗？要不咱问问去？"悟空说："傻兄弟，西天大大小小的领导，谁没几个亲戚？能轮到咱们？"

9. 八戒最近几天闷闷不乐，晚上瞅着月亮发呆。悟空知道他的心事，利用双休日到月宫访问了一圈，回来后对八戒说："傻兄弟！我去问过了，中国发射的是一颗卫星，还没派人登月呢。一个机器，你吃啥醋啊！"

10. 唐僧取来真经，背着去见李世民。唐僧说："大哥，我回来了。"李世民：

“哦。”唐僧说：“真经我取来了！”李世民说：“哦，放那儿吧。”唐僧说：“大哥，我费了十几年工夫，辛辛苦苦办了这么大的事，你咋还不高兴呢？嫌我差旅费高了？”李世民摘下耳机说：“你那些经文，我用迅雷下了一小时就下完了！早知道电脑这么厉害，我当初还让你去干吗呀？！”

11. 一大群小妖精扛着被捆成粽子的唐僧，兴冲冲走进洞内，高喊：“大王！大王！我们终于抓住唐僧了！”老妖精从睡梦中被吵醒，抬眼看了一眼，无精打采地说：“送回去吧。”小妖精奇怪地问为什么。老妖精说：“报纸上说唐僧肉里含有致癌物质！”

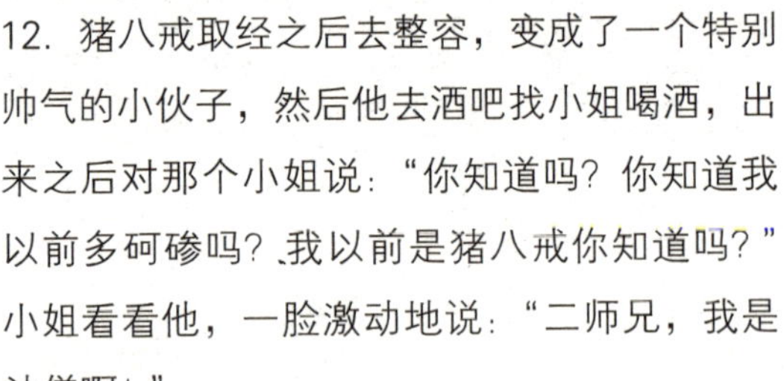

12. 猪八戒取经之后去整容，变成了一个特别帅气的小伙子，然后他去酒吧找小姐喝酒，出来之后对那个小姐说：“你知道吗？你知道我以前多砢碜吗？我以前是猪八戒你知道吗？”小姐看看他，一脸激动地说：“二师兄，我是沙僧啊！”

那些闹心到家的口误

1. 碗掉下来，天大个疤！

2. 一次文艺晚会，主持人上台报幕："下面请欣赏新疆歌舞——《掀起你的头盖骨》！"毛骨悚然啊！

3. 老虎不发猫，你当我是病危呀？！

4. 上高中时，课堂纪律混乱，老师一怒之下揪起某同学，说："×××，你给我站墙上去！"全班暴寒！

5. 在网吧，一哥们儿突然举手，大喊："老师！"

6. 和同学去喝酒，一个同学喝多了要去尿尿，然后带出一句话："尿喝多了，酒就特别多。"

7. 初中文艺晚会，抢答题环节。女主持："大家注意了，不要抢得太快。等我说完开始再举手。"然后开始念题目，说："现在开……"这时候，一个选手就抢答了。主持人说："这位同学太着急了一点。我的'始（屎）'还在口里，你怎么就抢了呢？"

8. 上学的时候，有一天一个电话找我，同学接完递给我说："你妈找你。"我一边接过电话一边随口问道："男的女的？"于是，我被笑了四年。

9. 有一次，寝室里同学的老妈打电话过来，我想说"他不在"，又想说"他已经出去了"，结果说出来的是："他已经……不在了。"

10. 室友递给我一根冰糕，我咬一口大叫："烫死我了！"

11. 和姐姐去买鞋，我姐一开口就问："小姐，这鞋多少钱一斤？"

12. 高中时，班级里发胸牌。一次检查前，班主任跑到教室大声喊："大家快把胸罩戴上，来查啦！！"全班鸦雀无声……

13. 上学时周末回家，晚饭后烟瘾犯了，打算借口散步去抽烟。在门口换鞋时，老爸问我干吗去，我随口说了句："去散个烟！"老爸看了我一眼，从我身上搜出一包"三五"，狠狠K了我一顿。

14. 一次教育局领导视察课间操，结束后，本应由体育老师宣布"解散"，但一时情急，体育老师忘词了，憋了半天，大喊："撤退！！"

15. 有一位老师大概通宵打麻将，见黑板没擦，大怒："今天谁做庄啊？黑板都不擦！"

16. 有一次我见小姑在搽"大宝"，大叫一声："你皮肤这么好，还用护舒宝啊？"

17. 早上和同学去吃早餐，其中一个同学只吃包子馅，另外一个只吃包子皮。

我们正在说他们两个浪费的时候，只吃馅的同学来了一句："行了，以后你吃我的包皮好了！"在场的所有食客都喷饭了。

18. 单位班车上，同事MM对我说："我的电脑不行了，老是死。"我说："那你回去查查病毒看，记得要升级杀毒软件。"第二天一大早，车上又见MM，偶随口问了句："查过了没？怎样？"然后，MM大声地说了句："气死我了，查了半天，说是没（梅）毒。你说怎么办好啊？"大家的眼神……

19. 大学军训时，教官大吼一声说："用你们的旁光（余光）对齐！！"偶们想笑又不敢笑，那个难受呀。

20. 女同学和她的表妹请我吃饭，席间让我多吃点，我不知道怎么会犯如下的错误："谢谢，最近没性欲，你们多吃点吧！"当时大家都喷饭了。

21. 大学时，一同学和我争论问题，一时处于下风，情急中一拍桌子起身大叫："你胡说，我又不是不傻！"

22. 我一哥们儿去相亲，回来大家问他怎么样，哥们儿讲："这个女孩真是条汉子！我俩去吃午饭，进了一家牛肉拉面馆，女孩对师傅大声说道：'嘿，给拉两碗！'"拉面师傅说："你吃吗？吃我就拉。"

23. 和男友以及他爸爸一起坐车，我很懂事地提醒未来的公公："从1月1日开始，副驾驶不戴安全套要遭扣分的哦。"一片寂静。

24. 就在刚刚，去喝奶茶。听到一个MM华丽丽地说了句："老板，来杯香芋奶头！"我跟老板在风中凌乱了……

你这针法是跟容嬷嬷学的吗?

1. 小时候冰棍、雪糕一般都是推着自行车叫卖，有一次，我在屋子里听一阿姨喊："新来的雪糕，热乎的。"估计这阿姨以前是卖油饼油条的。

2. 寝室几个人想去洗头，听说学校附近有个理发店叫"永琪"。刚上大学的我们对周围环境不熟悉，路上看到一个警察，我就一步上前，问："叔叔，你知道'永琪'在哪里吗？"他一脸正气，说道："我又不是尔康，我怎么知道永琪在哪里！"顿时四人憋到内伤啊。

3. 一朋友在他的QQ空间里贴出他女友的照片。我看了心生邪念，恶搞了一下，回复：求3p。于是，他的众男好友皆排队，求4p、求5p……最后，在求35p的时候他删除了照片，又添了一条新的状态：交友不慎，新交女友被活活吓跑。

4. "老板，有汽水吗？""当然，雪碧百事美年达，激活七喜娃哈哈。红牛醒目冰红茶，农夫果园和芬达，和——芬——达！请问你要那种？"我靠，这么押韵……

5. 同学生病，去医院看他，那家伙看我来了，悠悠地吐出一句："你来啦？也没啥好招待你的。要不医院里的氧气给你吸一点吧，还挺新鲜的。"哥们儿你忒热情了吧？

6. 村里有个老头儿，年纪 87，感觉自己将要西去，于是不顾子女的反对，变卖房产田亩。拿着钱住高级宾馆，吃山珍海味，准备潇洒度完余生！现在他 90，明白世界上最痛苦的事是钱用完了，人还活着……

7. 一实习小护士给我挂吊瓶，拿着针在我胳膊上扎了好几下也没找到血管。但这位小护士真镇定啊，表情严肃认真，大有不扎到血管不罢休的意思。十几针之后，我忍着剧痛，带着敬畏的表情问小护士："你这针法是跟容嬷嬷学的吗？"

太监为啥要发明纸？

1. 自从听宿舍那货唱：“我们都有一个家，名字叫中国，兄弟姐妹都很多，景色也不错，老人不图儿女为家作多大贡献啊……”我也改不过来了！！

2. 在英国上学。外教一直很惊讶中国人的英文名。有个男生给自己起了个英文名叫 Astroboy（阿童木），外教特别惊讶不解，我们都觉得还好。后来学姐淡淡地告诉我们：“你叫阿童木，就相当于你问一个老外他的中国名字，他说叫葫芦娃一样……”

3. 弟弟今年六岁，我每次看见他粉嘟嘟的小脸都忍不住要亲一口。今天外面特别冷，回来后弟弟冻得直哆嗦，我摸摸他的小脸，说：“好冰，快去暖暖。”他紧张地说：“咋，你想吃热的？”

4. 我对同桌说，问你一个问题，你只能用知道或不知道来回答。她说好，我说，你爸妈知道你是 SB 吗？

5. 在公园里热吻的，大多不是夫妻；在领导前表功的，大多不是干将；在饭局中穿梭的，大多不是主角；经常拿身份证出来亮的，大多是没有身份的人。大把大把支付现金的，大多不是有钱人。经常在微博上发泄不满的，在现实生活中大多是良民。

6. 晚上睡觉，同寝室一哥们儿带着哭腔说发现JJ出血了，我们赶紧找来了管理老师，把他送去医务室后，老师来了一句很经典的："同学，你要坚挺住呀！软了就不好包扎了。"我们爆笑不止。

7. 蹲坑看手机，因为太投入，导致蹲麻了双腿，只好扶着墙壁艰难地走出隔间。这时候，隔壁残疾人专用隔间走出一哥们儿，他一脸纠结加羞愧地看着我，艰难地挤出一句"对不起"，然后一溜烟跑了，手都没洗……

8. 我问朋友："从她的男性朋友变成男朋友是什么感觉呀？"朋友郑重其事地回答道："没什么，只是从普通会员升级为VIP，享受更多服务与特权，不过也要缴纳更多费用的。"

9. 寝室一哥们儿昨晚打电话表白，激情的言语把女神们感动得稀里哗啦，重点是，他一小时内用同样的话和三个妹子表白，居然都成功了！但是他现在不敢出寝室，因为三个妹子都买好了早餐在楼下等着他，而且，从楼上往下一看，三个妹子在楼下聊起来了……

10. 老公和人合伙做生意被骗了十几万，找工作也找不到合适的，心情极其郁闷。看到他嚼口香糖，我想逗他说话，就问："老公你吃什么呢？""吃亏呢。""老公，我去超市买东西，你缺什么？""我缺心眼。""老公你咳嗽了，去医院检查一下看肺是不是有问题。""我窝囊废（肺）。""老公你头发长了，去理理吧！""理什么，我现在是狗不理……"

11. 上小学时，老师让写一篇关于做家务的作文，反复强调要真实。周一老师让一同学读，他读道："回家后我要帮妈妈洗衣服，妈妈说滚一边玩去。我说老师让我做的，我妈说你们老师B事真多……"这是我听到的最真实的作文。

12. 你有木有这样的疑问呢？蔡伦作为一名太监，为什么要发明造纸术呢？

13. 早上，上公共厕所（是骑沟的那种），下意识地低头一看，靠，谁掉了一块钱？由于脸面意识，哥没捡，过了一会儿低头又看到多了一张五元的。这时候哥意识到了，是自己掉的，于是赶紧起来，尼玛的，又掉了一张一百的。哥怒了，捞也捞不到，郁闷地走出厕所，越想越不对，出了门走在路上，想起来了，尼玛，忘擦屁屁了……

14. 我发现我居然喜欢上女人了。被我老公发现了怎么办？一想起后果就觉得可怕，他非把我小 JJ 打断！——史上最复杂的两性关系！

15. 晚上，郑喜蛋的媳妇找不着丈夫，于是就到邻居家去找。一进门，见邻居正在洗头，就问："叔，喜蛋呢？"邻居听后，有些不高兴，就没理她，继续洗头。媳妇有点恼火，又追问："叔，郑喜蛋呢？"邻居大怒："TMD 我洗头呢！"

16. 从前，有个人钓鱼，钓到了只鱿鱼。鱿鱼求他：你放了我吧，别把我烤来吃啊。那个人说：好的，那么我来考问你几个问题吧。鱿鱼很开心，说：你考吧你考吧！然后这人就把鱿鱼给烤了……

17. 话说小时候，很喜欢打游戏。老爹老妈为此没少揍我，老爹还经常去游戏厅抓我。有一次，我正在打《三国战记》，选的"诸葛"，正穿着隐身衣捡火剑。老爹来游戏厅抓我了，拍拍我肩膀，我回头，看着老爹两秒钟，来了句："认错人了吧？"老爹顿时暴怒。大耳刮子就扇我，我不理会老爹攻击，转过身去，硬是捡上了火剑才放开摇杆！回想一下都是泪啊……

18. 坐地铁，一小女孩儿在我的背后拿根魔杖玩，她拿着魔杖指着我的后背，说：“我要把你变丑！”我听完，笑了，转身过去就听到一声惊叫：“妈妈！妈妈！我会魔法了！”

19. 理发店的小弟很热情：“哥你长得真精神，发质也这么好，很多美女追吧？衣服选的也得体，怎么会有这么好的品味啊？”

“哈哈……可能是因为我从来不办卡吧……”

累了，歇会儿再骂你

1. 昨天晚上，整个小区突然断水断电，持续到今天早上。居民集结在物业办公室，各种暴躁各种吵闹，物业表示只能等待，无法确定恢复时间。大家当然不干啊。物业主任安抚大家说：“你看这位外国业主就很有素质，一直很冷静嘛。”突然，这个外国女孩操一口流利中文说：“我住30楼，跑下来累了，歇会儿再骂你！”

2. 早上出寝室楼时，看见几个宿管阿姨在拆圣诞树，嘴里还嘀咕着：“这孩子们怎么这么没情调，藏那么多圣诞礼物没一个人来找！”好可爱的阿姨！

3. 女友的前男友老缠着她不放，我建议女友约她前男友出去好好谈一谈，于是，我变成前男友了！狗血有木有！送羊入虎口有木有！脑残了我有木有啊？！

4. 一位吃苦耐劳的日本移民对我说：“哥，我在美国开亚洲快餐快10年了。每份午饭卖6到8美元，生意还可以。中国人来了，就在我餐厅对面开了一家，打出招牌‘一美元中餐店’。没错，是一美元，一勺一美元。人高马大的老美要想吃个半饱，少说也得在盘子上来11勺菜（你就说这勺是有多小），再加个春卷，等于吃一顿饭20美元。数学不好的美国人逢人就说：‘去过那家一美元中餐店吗，便宜极了！’”

5. 姐姐在幼儿园实习，有天中午吃饭，一个很帅很帅的小正太说，老师老师，你过来一下。姐姐就问什么事啊，小正太说帮我把我碗里的鸡腿夹给那个女生好不好？姐姐无语了。第二天中午，小正太又说，老师老师，帮我把这块红烧肉再夹给她好不好？后来姐姐就问，为什么你自己不去呢？小正太作羞涩状，脸一红说，我害羞嘛……

6. 昨晚跟男朋友吵架吵翻了，一街的人都看我俩。我们气得不讲话站在那儿。我掏出手机，给弟弟发信息求安慰，他回了一句："相逢一炮泯恩仇！"我当时就笑场了，拿给男友看……然后，就没有然后了。

7. 朋友长相漂亮，属于大家心目中女神级别的，她在学校有个男友，外校有个男友，老家还有个男友，最无语的是她 QQ 上还有很多男友，她每天真的很忙！我们都十分佩服她的应变能力，居然一直没有任何的不和谐事件发生。后来，平安夜来了，大爆发了。一网友属高富帅型，朋友不忍放弃，果断和他出去过节，这时，老家男友千里来找她，遇到了正在楼下摆蜡烛的外校男友，然后就打起来了，被来送零食的同校男友拉架……最后，三个人在女生楼下狂喊，最后，知道她和别人出去了，三人崩溃！朋友还不知道此事，打电话已关机。正所谓，三个备胎顶不上一个高富帅？！

8. 一女性朋友平时穿得比较休闲，今天突然穿得比较漂亮，皮草珠宝都用上了，二货朋友看到，由衷夸奖道："你今天穿得真好看，真像二奶！"

9. 一哥们儿去割包皮，麻药一打，进来一群实习妹子有木有？！围观有木有？！哥们儿大吼一声："医生，麻烦给我张报纸，我遮住脸！"遮住脸……

10. BOSS 家的小萝莉今年四岁，因老板娘外出旅游，BOSS 把小萝莉带到办公室。小萝莉那个高兴，蹦蹦跳跳，啥事都问。一女同事嫌她说话大声，就抱着她很温柔地劝她别那么大声说话好不好。小萝莉不爽了，突然迸出一句："那你昨晚在我爸爸房间叫那么大声？！"办公室瞬间安静无比。

11. 我一般判断一个妹子有多漂亮，就是看我老婆叫了她几次"狐狸精"。

12. "听你老师说，你和班上一个女生恋爱了是吧？"爸爸平静地问。我的腿直哆嗦，害怕爸爸逼着我结束这段恋情，我答不是。我爸接着说："那女孩挺好的，好好努力，争取把她变成我们家人。不过学习可不能落下，不然以后怎么给人家幸福？"我感动得流泪，哽咽着说："我不会落下学习的，还有，谢谢爸！"然后，我被一顿毒打结束了这场恋爱！爸，你玩我呢？

13. 元旦放三天假的是普通公司，放五天的是文艺公司，放两天上一天班再放三天的是二 B 公司。你在什么公司？

14. 每次上英语课，我们总爱吵吵闹闹，老师被惹得很烦，就说："现在给你们一分钟时间，不愿意上课的自己出去玩吧！"自然是没人敢动，过了一会儿，老师说："好。没有是吧，那我们继续上课。"够狠，教室里果然安静了许多。

15. 一个小萝莉在公园玩耍，看到一个孕妇，问道："阿姨，你肚子里面是什么呀？""是阿姨的小宝宝。""你不爱你的小宝宝吗？""很爱啊。"小萝莉一脸疑惑："那你为什么要吃掉他？"

16. 上初中时，和同学在学校附近偷偷抽烟。刚抽两口，我同学惊呼："你爸！"我一看，吓得一下把烟就扔了，感觉整个世界都黑了。然后，只见我爹怒气冲冲地指着我骂道："小兔崽子！烟剩那么长你就给我扔了？！"

17. 你们无法想象我的电脑有多卡。一首歌还没开始我就把播放器关了，但是它还是坚持把那首歌放完了！

18. 昨晚是平安夜，在步行街，一个圣诞老人在发礼物，被城管没收了，圣诞老人追城管去了……留下一群等礼物的人……这是什么场景？

哥拼的就是心跳！

1. 我们老师月考的时候把选择题答案弄成：CCCCC AAAAA BBBBB DDDDD。他说："我要让好学生不敢写，坏学生不敢抄。哥拼的就是心跳！"

2. 听说我们学校有个男生白天把被子扛出去晒。晚上，被子里面裹着个妹子，躲过阿姨耳目，成功带回男生宿舍睡了一夜。第二天，又用被子裹着妹子带出来了。

3. 老板有辆四轮驱动（4×4）的越野，每天停在楼下。那里有一家幼儿园，有一天下班，老板发现车体上"4×4"的边上多了个用粉笔写的"= 16"，老板想，肯定是幼儿园的小朋友搞的，就擦了没在意。可是，孩子很执着，你天天擦他天天写！老板只好自己去重新喷漆，为了不再让爱车受伤，他自己在"4×4"后面喷上了大大的"= 16"……

4. 今早我哥们儿在公交上被偷了钱包。他趁小偷不注意又偷回来了，还多拿了一个！好手艺！

5. 今天在电梯里碰到两个大概六七岁的小男孩，长得那叫一个俊。
就听到两人对话。
"你有女朋友吗？"
"没有。"

“我有两个，送你一个，女人多了烦！”

剩哥一个人在风中凌乱。

6. 单位厕所满员，一同事门外大呼：“哥儿几个快点行吗？我这屎都顶到嗓子眼儿了！”

7. 和女儿在一家常去的餐厅吃晚饭，发现服务员又换人了。我感慨道：“铁打的老板，流水的服务员啊。”之后我突然想考考女儿，就问：“这句话出自哪里呢？”只见孩子眼珠一转，认真回答道：“出自《水浒传》孙二娘的人肉包子铺！”

8. 女儿：“妈妈，什么是萝莉？同学说我很萝莉！”

妈妈：“萝莉，就是啰里巴嗦的意思……”

9. 奶奶非要在一个雨雪交加的天气里出门修一把雨伞。

我说：“还有那么多没坏的伞，先用着呗，干吗着急修那把？”

奶奶：“修伞的那个老头都那么老了，我怕去晚了他就死了……”

10. 丈夫对妻子说：“你若学会做饭，咱家就可以辞掉保姆，减少费用支出。”

妻子回答说：“你若学会跟我亲热，咱家就可以辞掉司机、园丁和保安，费用支出就更少了！”

11. 女人问男人说：“亲爱的，你说我们女人最喜欢你们男人什么大，什么粗，什么硬？”男人满脸通红，答不上来。女人说：“笨蛋！你想哪儿去了？告诉你吧，我们女人最喜欢你们男人财大气粗腰杆硬！”

12. 喝酒的时候，一哥们儿喝多了，说：“我要开车，开酒的不喝车，喝车的不开酒！”

13. 大白天，一对偷情男女正在女方家床上亲热，忽听门外有人用钥匙开门，女人说："不好，我老公回来了！”男人一听，惊慌失措，一个鲤鱼打挺，就赤身裸体地跳窗而逃。还好，窗外就是马路。恰巧很多人在进行马拉松赛跑，正好路过这里，他就顺势夹在人群里也跟着跑起来。身边的人发现了他，惊讶地问："哥们儿，你怎么没穿衣服呀？”男人说："我这叫裸奔，国外最流行！”旁边的人又问："那你怎么还戴着避孕套呀？”男人说："这样既文明又环保呀。”

14. 一日，一司机开车，路上被劫，拦路者说："下车！”司机下来。拦路者又说："做 100 个俯卧撑。”司机被迫顺从，说："还没见过你这样劫道的。”做完后，强盗又说："再做 500 个。”司机又做，之后，司机已是四肢无力，头昏脑涨。强盗朝身后树林大喊："妹妹，你可以坐他车进城了。”

15. 大学时，玩真心话大冒险，输掉的被要求给班里任意学号的男生打电话要求分手，妹子偷偷选了暗恋的男同学，电话接通后作伤心状，说："我们分手吧！”对方愣了三秒，大吼："我不同意！！”然后，然后就成一对儿了……

16. 我们宿舍经常互掐胸部闹着玩儿，而且下手都非常狠。前几天放假回家，我妈在厨房做饭，喊我帮她按摩肩膀，我也不知道哪根筋搭错了，按着按着我就伸到前面用力掐了她胸部一下！我妈嗷的一声吓得把锅都撇了！我惊恐地看着我的手，无比纠结地想，如何把地上的菜和节操捡起来……

17. 昨天晚上去买铁板鱿鱼，然后就在那里边玩手机边等，鱿鱼好了一个，就拿起吃一个，吃了两个我发现放了辣椒，我不能吃辣的，就问老板："你怎么放了辣椒啊，我不能吃辣的。”老板正道歉，边上的MM二话不说就夺过我手里的鱿鱼，拿起来就吃，还边吃边说：“没事，我能吃辣的，等会儿我那份给你！”

18. 平胸妹子一枚，冬天冷，每次脱内内都觉得好痛苦，于是把内内穿保暖内衣外面。感觉不错，也没出过纰漏。一天，正逛街呢，觉着热了，就把大衣解开了。然后……卧槽！！回头率百分之百啊！！

19. 课间去上厕所，我左右两边的女同学发生了以下的对话：“你有多余的纸吗？”

“有，你现在要吗？”

“要，你给我一张。你在我旁边的隔间吧？”

“是呢！”

于是，我看到我的左边从隔间下面伸过来一张纸。

我犹豫了一秒 把那张纸传给了右边。

她们一直不知道她们中间隔着一个我呀！

哇，我做了一回不留名的无语活雷锋啊！

20. 老家有很多天然温泉，都开发成一个一个的包间了。那次晚上我带女友去泡温泉，问老板泡温泉多少钱？老板说280元。女友过来说，怎么这么贵？老板愣了一下，说：“哦，带了人啊，自己带人的话80元”。女友当时就无语了。

21. 从小跟堂弟很铁，有一次他一定要请我去他家吃他做的炒方便面，他在厨房煮好面准备开炒，问我：“哥，你要不要放辣椒？”此时，他老妈忽然出现，手拿一张47分的试卷怒发冲冠地冲进厨房，劈头盖脸把他一顿打，边打边骂，堂弟哭成了泪人，但还一边抽泣一边继续问我：“哥，你刚才说要不要放辣椒的？”我……

22. 网上有人问如果杨过是两只手都断了，他还能等小龙女16年吗？下面一个回复大亮：你当雕兄是摆设吗？！

23. A君上山玩，路上遇到一只狐狸，心血来潮远远冲它大喝一声：“孽畜！还不快快现出原形？！”狐狸愣了一下，突然开口说话了：“这本来就是原形啊！”“妈呀有妖怪！！”A君大叫一声撒丫子跑了，狐狸嗷的一声跟着在后面跑，边跑边叫：“哪儿、哪儿有妖怪啊！别丢下我呀！吓死老子了！”

24. 前几天考四级，班上一哥们儿来到考场后说了一句让人痛哭流涕的话：“我去，怎么坐第一排？不考了。”然后就扬长而去……

25. 新学期开学，要竞选班长的同学甲发了条微博说：那个要来了，好紧张啊！

回复内容如下：

同学乙：一个月才一次，要处理好啊！记得千万不要紧张！

同学甲：我说的是竞选班长，你想哪里去了呢？

同学乙：哦！是这样啊，我还以为是要扣月租了呢！那你要表达清楚嘛，别人会乱想的，以后不要了哦！

到底是谁想多了？！

26. 昨天圣诞节，打算给老爹打电话问候一下。

“喂？爸，圣诞快乐哈！”

“谁啊？”

“爸，是我啊。”

“哦……没钱了？要多少？”

“我不是要钱，想你了就打个电话，过几天准备回家。”

“路费不够了？”

“不是！哎，爸，我给你买了双皮鞋，你那鞋不是坏了吗，我就给你买了双新的。”

“所以没钱了？”

“……”

27. 新交一女友问我：“我和你妈掉水里了，你先救谁？”

我说：“我让我妈救你，她小时候能在长江两岸游两个来回。”

女友有些不高兴，说：“你为什么不下来救我？”

我说：“我要是下来了，你就没救了，因为我不会游泳，我妈肯定先救我。”

28. 昨晚，回家的路上。前面有个女的。我俩都走得很慢，保持大概两米的距离，那时整条街都没什么人了，很安静……大概走了十几分钟，那女的脚步越来越慢，突然，她回过头对我说：“你再不下手我就到家了。”

29. 昨晚上准备喝点郁闷小酒。刚坐下，一位美女走过来：“一个人吗？”

我大喜过望，赶忙说：“是的。”

于是，她默默地把桌上另一副碗筷收了下去……

30. 一老总最近辞了他的女秘书，老总的朋友问原因。老总吸了一口烟说：“哥们儿你不知道啊！那天我过生日，她说她老公不在要我去她家，到她家以后她说她先进卧室，叫我过 5 分钟再进去。后来我一进去，直接晕了！我们公司所有员工都在，前头是插满蜡烛的蛋糕。”朋友说：“那也没什么啊！”老总感叹了一句：“我是光着进去的！”

31. 哥哥和弟弟去博物馆看古董，看到四个木乃伊。第一个用两个手指捏着鼻子。第二个双手交叉着盖住脸。第三个歪着脑袋用手指第四个木乃伊。第四个呢，用手托住脑袋，表现出很深沉的样子。这时弟弟就说了："哥哥这四个木乃伊在干什么呀？"他哥就说："第一个木乃伊说谁放屁了？第二个说不是我，第三个木乃伊说是他，第四个说是我！！"哥，你太有才了！

大哥，还是您有钱啊！

1. 老婆：晚上是不是想活动活动？

   丈夫：老想了。

   老婆：那下班后不许说累，说晚上没精神，不能糊弄就完事。

   丈夫：必须的。

   老婆：那晚上把我换下来的衣服都洗了吧。

2. 20 岁的女子 = 足球，20 个男人追着抢；

   30 岁的女人 = 蓝球，10 个男人追着抢；

   40 岁的女人 = 乒乓球，2 个男人推过来推过去；

   50 岁的女人 = 高尔夫，能打出多远就打出多远！

3. 我有一闺密是平胸，我问她晚上自己回家，被劫色怎么办？

   她淡淡地回了句：“我就脱了上衣，然后说：‘别激动，是自己人……自己人。’”

4. 一天，一个男胖子和一个女胖子去游泳。女胖子说：“你不要跳了，你一跳整个水池的水都要漾出来。”

   男胖子说：“你也不要跳了，你跳不下去，进去就卡在那里了。”

5. 如果秋天走了，我会在雪地里等你。如果世界走了，我会在天堂里爱你。

如果你走了，我会在泪水中想你。如果我走了，我会让她照顾你，她养猪的技术很不赖哦！

6. 一女QQ签名如下曰：迎面走来一个男生一手抱着一人高的熊，一手飞快地发着短信，我就知道有个女生要幸福了。

一楼：也许一个男生要幸福了，你的思路没有打开。

二楼：也许一个男生不幸福了，另一个要幸福了，你的思路没有打开。

三楼：也许一个女生幸福了，然后女生把幸福传递给另外一个女生，思路要打开。

7. 一天，一女逛商场，碰巧看见某公司正在推销一种新玩偶："嗯"一声它就能动左腿，"啊"一声它就会动右腿，她觉得挺好玩，于是买了一个回去。结果当天夜晚，那个木偶就离家出走了。

8. 有三个富人在比谁有钱，一个说：我家佣人都开宝马；另一个说：宝马只是我家运垃圾的车；最后一个说：我天天扶老奶奶过马路。其他两个羡慕地说：大哥，还是您有钱啊！

9. 有一男生腼腆，遂用纸条表白，写上：5201314。纸条回来后写着(520+1314)×10，此男生欣喜若狂。却被同桌泼了冷水："结果等于18340，不就是一巴掌扇死你吗？！"

10. 刚才同事MM问我为什么另一个MM能玩的游戏在她的机器上玩却会死机。答曰，可能显卡驱动不行。MM遂要求我帮助下载最新版，并安装。我问，我有什么好处。MM说："最多我让你玩一会儿好了。"一秒后，全办公室的人都笑趴下了，除了那个MM……

11. 一主持人问选手：“用伟哥的目的是什么？”女选手思考很久，老实回答：“想不出来。”主持人随即说：“恭喜你，答对了！”

12. 一句话小段子：

①你的女神在你隔壁上厕所怎么办？神回复：愿闻其翔。

②有些女人会被男人放在心里，有些女人会被男人放在隐藏文件夹里。

13. 有个退休上校遇到他在军中时的勤务兵，勤务兵也刚好退役了，于是少校就雇他为男仆，并且吩咐他像以前一样每天早上 8 点叫他起床。第二天早上 8 点时，这位勤务兵走进他主人的卧室，叫他起来，然后又在他太太的屁股上打了一下，说：“姑娘，该回家了！”

14. 一艘船失事后，1 名女乘客和 10 名男乘客漂到了一个荒岛上。一个月后，那个女的自杀了，因为她觉得这一个月发生的事情实在太恶心了。又过了一个月，他们决定把她埋了，因为他们觉得这一个月发生的事情实在太恶心了。又过了一个月，他们决定把她挖出来，因为他们觉得这一个月发生的事情实在太恶心了。又过了一个月，上帝把那个女的复活了，因为他觉得这几个月发生的事情实在太恶心了。

何以证明你是屌丝？

1. 有个屌丝擅长修电脑，一次，被一个妹子请去修电脑，可那个破电脑怎么也修不好，这时妹子趴在他的背上说："这个很不好修吧？不如咱们干点别的吧，要不多无聊。"那屌丝觉得自己的技术实力受到莫大的挑战与侮辱，咬着牙说："我一定能修好！"

2. 一男孩对一女孩说："我追你，好不好？"女孩红着脸害羞地说："讨厌！好了啦……"男孩高兴地说："那你跑吧！"

3. 昨天去公司对面的大学看学生运动会的接力比赛，只见一个男生奋力向前飞奔，快交接棒时，我前排的一位老师狂喊："接稳！接稳！你们接稳！"然后那两个男生顿了顿，对视着考虑了半秒，接着就抱在一起接吻了……

4. 何以证明你是屌丝？

①女朋友嫁人了。

②消夜总有啤酒。

③衣服总要闻闻才敢穿。

④电子产品中总没有最新款。

⑤上网第一件事就是开 QQ。

⑥月薪不到 4000 块。

⑦床上的被子已经半年没洗了！

5. 狄仁杰和元芳在山坡上搭帐篷露营。入夜，狄仁杰醒来，用肘部弄醒元芳："元芳你看！天上有什么？"元芳："一弯明月！"狄仁杰："这事你怎么看？"元芳思索片刻，然后："嗯，月色不错，没有星星，明天应该是阴天！"狄仁杰："笨蛋！我们的帐篷被偷了！"包拯："两位莫惊，帐篷还在！是我……"

6. 狄仁杰："这荒郊野外停着一辆车，元芳，你怎么看？"

元芳："大人，此车必有隐情。"狄听罢，掀开车前盖，大惊："嚯！元芳高见，此车还真有引擎！但车内还有一位死者，元芳，你怎么看？"

元芳："大人，此人必有蹊跷。"

狄仁杰："1、2、3、4……此人真有七窍！元芳不愧为我得力助手！死者还是位美女啊！元芳，你怎么看？"

元芳："此人身上必定还有天大的秘密。"

狄听罢，揭开死者衣服一看，两眼发直，惊曰："老夫平生尚未见过如此大咪咪！元芳真乃神人也！"

7. 儿子的皮肤黑，他自己也知道，认为这是个很大的缺点。最近，他开始喜欢上吃胡萝卜，中午又让我烧胡萝卜给他吃。我就问儿子为什么喜欢吃胡萝卜？儿子很认真地对我说："妈妈，小白兔喜欢吃胡萝卜，我想和小白兔一样白。"看着儿子自信的表情，我把想说的话咽了回去，儿子呀，小黑兔也喜欢吃胡萝卜呀……

8. 去吃烧烤，上菜速度太慢，我不悦，问服务员 MM："美女，你们这是不是缺烤肉的人啊？"

服务员："嗯，您是想兼职还是全职啊？"

我："……"

9. 记得有一次，和一姐们儿去 KFC，排队的时候我听她口中念念有词，一个鸡腿汉堡，一对鸡翅……好不容易轮到她了，她一开口就让所有人笑翻了，她本想说“小姐，来个鸡腿汉堡”，可话到口中竟成了“小腿，来个鸡姐汉堡”。

10. 女儿：“妈妈，我有一个银行了。”母亲：“哪儿来的银行？”女儿：“也就是我有男朋友了。”母亲：“银行的钱可不是随便花的，到期了你可要连本带息还上。”女儿：“什么时候到期呢？”母亲：“结婚后。”

11. 某日在婆婆家，饭后大伙吃橘子，儿媳不小心掉了一瓣在地上，公公婆婆异口同声说：“没事，洗洗还能吃。”儿媳二话没说捡起来，用水冲了冲，塞进了儿子的嘴里。

12. 爸爸对小强说：“把成绩单拿来看看。”小强磨蹭半天才把成绩单拿来。爸爸指着成绩单说：“地理 58，历史 57，政治 59！你上课都在干什么？”小强：“老师出的考题太偏太难。”爸爸：“偏在哪里？难在哪里？”小强：“地理考的是我没有去过的地方，历史考的是我出生以前的事，政治我又没有去开过会，我怎么知道？！”

13. 小明特别爱闯祸。一次，上历史课时，他在睡觉。老师提问他：“你说！是谁放火烧了圆明园？”“我……我不知道啊！”放学后，老师找来小明的家长，讲了这件事，家长：“老师，我知道我们家孩子很调皮，但放火这种事他不敢做的，你还是问问别的同学吧！”老师晕倒……

14. 宿舍的二姐是个二货，一日听到她与男友打电话。貌似是男的在电话那头说想找个小三，好处大大的，三人可以一起斗地主！二姐怒了！大喊一声：

“你敢给我找小三，我就敢找小四！！还可以一起打麻将呢！！”

15. 幼儿园里，老师问小朋友：“你觉得什么东西最重要啊？”

轮到小明回答，他毫不犹豫地说道：“钱！”

老师各种黑线，又问：“为什么啊？”

小明：“因为钱可以买很多很多东西！”

老师感慨地问：“就没有比钱更重要的东西呀？”

小明喊道：“有！”

老师非常期待地看着他。

小明说：“钱包！因为它可以装很多很多钱！”

16. 孩子半岁的时候，老婆让我陪她到影院看电影，没一会儿，老婆嚷着奶水多得涨痛，我跟她悄悄说：“反正没灯光，你就挤挤吧！”她听后照我说的做，然后，前面的仁兄就叫了：“谁啊？看电影就看电影呗，怎么还带水枪进影院啊？！”

17. 我家住10楼，这两天电梯坏了维修中。周末懒得下楼，就叫肯德基外卖。结果连续两天来的是同一个大哥。第二天，他气喘吁吁地说：“哥，明天别点肯德基了，麦当劳出新品了，你不试试？”

18. 下班，去买馒头，前面一哥们儿，拿了个馒头一捏，大叫：“老板你这个馒头不是刚出笼的吧！都是凉的。”老板不屑地说：“这么冷的天，你脱光了站在这里试试。”

19. 上班的时候，看到一个剧组在拍摄。我寻思过去当个路人甲啥的，没准儿还会像很多大明星一样就此被挖掘出来！于是就整理好衣冠信步走过镜头，心里美滋滋的。结果导演大喊：“重新来一遍，注意围挡一下行人！”

20. 两人吵嘴。

A 骂："你就是个屎壳郎，满嘴大粪！"

B 听后微微一笑："我是屎壳郎，你是粪球。"

21. 一位海拔挺高的闺密交了个落差很大的男朋友，我嘲笑其悬殊。她跟我说："我想亲他随时都行，他想亲我，看我心情。"

22. 昆明人习惯见人喊什么师，什么李师、王师、周师……我有个同学刚来昆明，说自己被人叫什么师好吃亏啊，这同学姓姜……

23. 领导干部是华山派，祖师爷就是岳不群，说着冠冕堂皇的话，做着卑鄙龌龊的事，表面上大仁大义，实际上只关心自己的利益得失；

科技精英是少林派，一群自身能力卓越却两耳不闻窗外事的人，他们秉持着人不犯我我不犯人的作风，守着自己的一份利益，着眼自己的修行，努力提升自己的境界，时常为统治者歌功颂德；

白领阶层是衡山派，有着极大的理想和抱负，作为武林的盟主，社会的精英而风头强劲，却往往因做事过于偏激，为达到目的往往不择手段，牺牲太多，而失去了幸福感；

蓝领阶层是丐帮，人数最多，势力最大，虽然有着足以撼动社会根基的力量，却因社会地位低，自卑感强烈，缺少凝聚力而对谁都构不成威胁，他们过着最贫乏的生活，做着最低档的工作，却把改善生活的希望寄托在富裕阶层的身上。

24. 公交上，前面一对小情侣一路上各种调情，而且声音很大，各种让人侧目。刚好朋友打电话过来，说了一会儿，问："你在干什么？"姑娘我也淡淡地回了一句："我在看片。"前面立刻安静了……

25. 我一兄弟吹吹呼呼要买一架价值 4000 元的航模飞机，攒了俩月工资。拽着我转了 N 家店，连砍价加忽悠用了一上午的时间，3800 元成交买到手。又用了一下午的时间组装起来，当日下午 5 点，开始试飞，半小时不到，灰机灰没了……灰没了……

26. 火车上推销商品的小哥："人生有三宝，手机、手表和钱包。买个钱包喽，啊，有钱的装钱，没钱的装卡，没卡的装个媳妇照片！"旁边有人小声接道："没媳妇。"小哥说："那就装别人媳妇照片！"

27. 终于知道为什么男生明明在染色体上比女生弱小那么多，却依然强壮有力成为种族的主导。因为上帝忌惮女人的力量，所以给她们设定了一个每月持续掉血的系统，导致 HP 值常年不满，打怪得的钱都用来买药买零食导致装备和经验跟不上。想象一下小学的时候，还没开始掉血的她们把男孩欺负成什么样?

28. 宿舍空调断电了，五个人躺床上讨论明天谁去充电费。有说谁 JJ 最大谁去，有说谁有女朋友谁去……不知谁说了句，谁最丑谁去。我们舍长立即激动地从床上跳起来，说："滚你妈！"我们愣了会儿，然后狂笑……

29. "你喜欢稀里糊涂的女人吗?"

"不喜欢。"

"喜欢整大抽烟的女人吗?"

"也不喜欢。"

"连饭也不会做的女人呢?"

"更不喜欢。"

"那么，你一定喜欢整天唠唠叨叨没完没了的女人了?"

“胡说，我讨厌。”

“这就奇怪了。那你为什么老是那么殷勤地讨好我老婆？”

30. 晚餐时，丈夫抱怨妻子煮的菜太难吃。

妻子说：“你娶的是妻子，不是厨师！”

晚上睡觉时，妻子说：“楼上有怪声，你上去看看。”

丈夫说：“你嫁的是丈夫，不是警察！”

让你哭笑不得的爆笑囧事

1. 初中的时候，一同学有一次在上学路上的早餐铺吃早餐，拿了张 100 的找了 90 多。结果 50 那张是假的，他去找老板，老板不给换，于是该同学恼羞成怒，用剩下的钱去路边买了一大堆冥币！从此每天骑车路过时撒一把在店里。半个月后，老板终于把 50 元双手奉还……

2. 坐公交车去市场买菜，对面坐着一位妈妈带着五六岁的女儿。过了几站，妈妈准备下车了，忽然，小女孩面对我说，叔叔你说看到别人有困难时，又恰巧我们力所能及，是不是应该伸出援手帮助一下呢？我一脸疑惑地望着她妈妈，她妈妈也是一脸的疑问。随后我就点点头，只见小女孩伸出右手，将我裤子的拉链拉上了……

3. 同学在考试分数下来后吃惊地告诉我，他交了张白卷，居然还得了 15 分，他高尚地提醒了一下老师是否弄错了。老师认真地告诉他："这是卷面整洁分……"

4. 老师："大雄，老师给你 90 元，你再去跟胖虎借 10 元，这样你总共有多少钱？"大雄："0 元。"老师："你根本不懂数学！"大雄："你根本不懂胖虎！"

5. 跟老公是高中同学，谈了 11 年恋爱。领完结婚证那天，我深情地对老公

说:“谢谢你那个时候总偷偷在我书桌放吃的,我感冒还偷偷放感冒药……”老公一句话让我觉得我是不是该把结婚证再退给民政局,他很茫然地说:“那不是我啊……”哭啊,寻找当年暗恋姐的男生!

6. 大家都知道一般刚上大一都会进行一次消防演习。朋友被选作火灾中的被困人员。演习开始,校领导和导员在楼下组织演习,朋友和其室友在楼上挥舞着袜子喊道:“大爷,上来玩啊!”

7. 昨晚睡觉前,我警告女友,周围稍微有动静我就容易醒,让她睡觉时注意点。今天早上一起床,我猛然发现我身上被写满了字:“你看你根本就没醒!”“这样也没醒!”“SB 骗谁啊!”

8. 老爹对着老妈说:“我终于能证明其实我是你失散多年的亲哥。”老妈茫然中。老爹一指我:“不然怎么会生出这么个白痴。”

9. 宿舍一舍友打游戏,一女生找他聊天,他说要打游戏没空儿,哥笑了,说,屌丝活该单身一辈子。过了一会儿,又一男的找他聊,他立马退了游戏去聊天……哥笑不出来了,突然觉得宿舍不安全了!

10. 丝袜是权力的象征,女人穿了能征服男人,男人戴了能征服银行!评论:结论是,女人可以征服所有的金钱。

11. 豆腐脑吃咸的还是吃甜的是个问题,不过,阻碍中国人民大团结的最重要因素还是“北方暖气”和“江浙沪包邮”!

12. 两个朋友去酒吧钓美女,其中一个装大款,出门以后奔着门口的雷克萨斯就去了,另一个说:“刘总,别别,你都喝多了!别开车了,坐我的走

吧！”一边说一边拉着他走到夏利旁边，旁边的两个女的信以为真，钓美女成功……

13. 老妈说女人要有经济权，因为，男人得到女人就像买了新车，一开始都是真喜欢，天天亲自洗，四处兜风，刮花一点都心疼。可车哪儿有不出毛病的呢？后来维修的钱都够再买一辆新的了，没准儿哪天开远一点坏了就扔路边了。我打断，问这和经济权有毛关系啊？我妈娇俏一笑说，那如果后备箱里锁着200万呢？！

14. 你是天才，我崇拜你；你是全才，我学习你；你是奇才，我羡慕你；你是人才，我推荐你；可你偏偏是旺财，我只能说：天热少啃骨头，注意休息！

15. 男朋友问我：“你喜欢哪个包？”

我看了看：“红色的那个吧。”

男朋友笑了笑：“傻瓜，那个不是名牌。别怕，挑你喜欢的就好。多贵都没关系。”

我心中一暖，指了指路过的女人背着的LV：“就它吧。”

男朋友给了我一个吻，然后发动摩托，向那个女人冲了过去。

16. 我女友要和我分手，她说因为她喜欢的一些小东西我都没有，比如：小别墅、小汽车、小亿万富翁……

17. 女：“我今天好看吗？”

男：“整体有种柳暗花明的感觉。”

女：“是说我搭配得很漂亮是吗？”

男：“又一村……妇。”

18. 一个小伙子大老远地来到鉴宝节目现场，拿出瓷器，几个专家认真辨认，告诉小伙子是宋瓷。小伙子的高兴劲儿可想而知，急忙掏出手机说要给爷爷打电话。摄像师见状，赶紧悄悄跟过去抓拍，只听小伙子高兴地说："爷爷，专家说了，你烧的瓷器是宋朝的！"

19. 空姐走向正高声抗议的男人。男人喊："我要向你们航空公司抗议！我每次搭机都坐同一个座位，没电影看！连个窗帘也没有，害我连觉都睡不成！"空姐看了看他说："机长，别闹了！"

20. 苍蝇甲："如果中了500万，我一定在一个大厕所旁修一座别墅，吃S时，再也不用飞来飞去的了。"

苍蝇乙："如果我中了500万，我一定包下方圆10公里的厕所，饿死你丫！"

苍蝇甲："哼哼，那我就包养一个活人，天天吃新鲜的，羡慕死你！"

21. A："我换手机号了。"

B："你天天没事干了吧？怎么老换手机号！"

A："我换手机号怎么了？"

B："有本事学学我，换老婆！"

A："这年头，有本事的都不换老婆，只换小三。"

22. 一天，一对情侣突然吵起架来了。

女："思想有多远，你就给老娘滚多远。"

男："那么，按照你的思想，老子就应该原地不动。"

23. 某村开会讨论改革殡葬制度以节约土地资源，村民们各抒己见。

甲说："我建议啊！都不用棺材了，省钱又省地。"

乙说："我看竖着埋更省地方。"

丙磕了磕烟枪，慢悠悠地说："我看啊，竖着埋只埋下半截，连墓碑也省了，一看就知道谁死了！"

24. 男："若我抱你，你会怎样？"

女："反抗！"

男："若我吻你，你会怎样？"

女："反抗！"

男："若我……"

女："讨厌，女人的力气毕竟是有限的嘛！"

25. 我问一朋友："说出你最不想死的理由。"

那货说："我还没孩子。"

我："说重点。"

那货："我还没老婆。"

我："说重点。"

那货大声喊道："哥还是处男！"

26. 某天去购物，提着大包小包准备回家。打的，怎么拦都不停，我很奇怪。看到前面一个交警叔叔，于是过去问："哪里可以打到车？"交警叔叔淡定地说了句："离我远点就可以打到。"

看完这些，你就懂啥叫爱情了

前男友（旧情人）：只有当你在最凄惨的境界下才会想起他的好，大部分情况下你都会觉得他是头猪。

前男友的现女友（旧情人的新欢）：虽然她只是赢得了一头猪，但是你还是觉得不爽。不管她多么完美，在你眼里，她永远比你差那么一点点。

姐弟恋：正餐之余，吃点甜点也不错。但是很多女人过了 25 岁之后，很容易把甜点当成正餐。

同居：同居唯一的好处是，被抛弃时你还是个未婚女人。

爱情：这个词可以出现在任何情况下，但是事实上，任何情况下所发生的事情跟这个词语关系都不大。

闺密：25 岁之前填补没有男人的空窗期，25 岁之后男人填补她们不在时的空窗期。

商场：过了 25 岁之后，所有女人都该知道：1. 闺密比男人更重要。2. 金钱比闺密更重要。3. 到了商场之后，以上的说法都不再存在。

处男：一种奇迹般降临在你面前，然后经常又是原封不动地奇迹般消失的东西。

一夜情：我们都假装一夜情永远不会降临在自己头上。当一夜情真的降临的时候，我们就假装还会有第二夜。

卡拉 OK：你喜欢的人在这里出现的机会，大大低于你讨厌的人在这里出现的机会。

家庭：当你开始向往它的时候，它已经开始排斥你了。

已婚男人：当你未婚的时候，他总是说自己婚姻不幸福。当你想给他幸福时，他就会告诉你，其实他一直很幸福。

已婚女人：当你未婚时，她总是跟你说婚姻很幸福。当你结婚之后，她就找到了一起抱怨婚姻不幸福的人。

婚礼：是一个别人看起来很喜庆，自己看起来很伤感的词。有时候，相反。

婚外恋：总是打着“爱情”的旗号，行“坑蒙拐骗”之实。

第三者：这年头当第三者的，不是过度聪明，就是过度白痴。

埋单：检验一切男人的第一条标准。凡是不通过的，则不再有第二条标准。

求婚：开始你以为这意味着升值，后来你才知道其实是套牢。

一见钟情：总是在不停地发生，然后不停地被证明只是个错误。

初恋：18岁用来暗恋。24岁用来怀念。34岁用来纪念。44岁……用来自恋。

异国恋：一个物种向另外一个物种表达好奇心的方法。

有产女人：先有房子，再有车子，再有男人，再生孩子。或者全部倒过来。

捉奸在床：女人最悲喜交集的时刻：喜的是终于抓住了，悲的是真的抓住了！

离婚：结束一个错误，是为了开始另一个错误。

婚前财产公证：以前是男人想公证不好意思，现在是女人想公证又怕露底。

劈腿：没有办法“两害相权取其轻”的情况下不得不使用的一种策略。

钻石王老五：就是那种我们寻找了几十年，然后发现其实不存在的东西。

桃花运：看看是挺美丽，真的摘下来就一身毛。

空窗期：如果都懂得用这段时间去享受人生，世界上最起码少了一半的

怨妇和第三者。

酒会：如果它不是叫这么一个虚荣的名字，谁还愿意穿着奇怪的裙子站在那里小心翼翼地吃一块三文鱼啊！

在新时代的单身女郎辞典里，恨嫁不是恨自己怎么还没嫁出去，而是恨自己怎么还没嫁给一个又有钱又英俊又专一还喜欢文学热爱音乐的男人……所以，恨嫁的近义词是：活该。

三分天注定，七分靠shopping！

1.　今天跟女友吵架，吵得很凶，后来去上网，不跟她吵了，她在一旁使劲骂，我默默打开淘宝，找到她一直想买的那件 1200 大洋的衣服，下完单喊她过来，她一看电脑顿时小鸟依人般黏过来，说："大爷，奴家错了！"顿悟啊！女人的心情，三分天注定，七分靠 shopping！

2.　弟弟看到两只狗在干那事，便问姐姐它们在做什么，姐姐不好意思地回答："它们在打架。"旁边的男生大笑。姐姐怒道："笑什么笑？想打架呀？！"

3.　一哥们儿离婚了，经过是这样的：一天下午上班时，接到老婆电话，电话里传来各种不堪入耳的声音……据说，是因为他老婆偷汉子时喊了一声"老公"，电话就自动拨出去了……请慎用语音拨号功能。

4.　我问老公："老公，你嫌我丑不？"本以为老公会说"宝贝一点都不丑"之类的话，结果，他瞅了瞅我，扔下俩字："不嫌。"

5.　同事问小王："你常常陪你太太玩麻将，你觉得跟她玩麻将有意思吗？"小王说："唉，只有利用这个办法，才能回收部分薪水。"

6.　初中的时候迷武侠小说，上课的时候都在看，一次上课，看金庸《天龙八部》的时候被老师发现了，没收，然后大吼道："把其他七本给我交出来！"

7. 今天我跟一个漂亮姑娘第三次约会。在路上，前面有一个人哼着《口袋妖怪》主题曲走了过去，她笑着说这人好幼稚，我也配合她说着。这时，我的手机响了，铃声是《口袋妖怪》主题曲。

8. 四级考完了，室友说他没问题，为啥？“因为听后面同学的写字声音就能知道答案！A是三画，C是一画，B和D是两画，可是D画的速度快！只要后边的人写字声音足够大，就没问题啦！”好吧！这才是真正的听力啊！

9. “老师，你认识元芳吗？”“不认识。”“你认识程祖吗？”“不认识。”“那你知道他们的姐是谁吗？”“不知道啊。”“老师你都不知道，我怎么知道：原方程组的解是 ______ ？”“……”

10. 早自习的时候，班上一哥们儿可能太困了，读了一会儿书倒头便睡。那时候天气看起来还不错。可是不一会儿突然变天，一下子暗了许多，于是就有同学把班上的灯打开。很快早自习下课了，铃声一响那哥们儿噌地就抬起头，一看班级灯火通明，他大叫：“我靠！都上晚自习了咋没人叫我呢！”全班爆笑！

11. 回老家过冬至，和哥哥嫂子一起看电视。电视里在播林丹的广告，嫂子很激动，拉着我哥说：“那个人我知道，不许提醒我！”哥很惊讶嫂子这个体育盲会认出林丹，遂耐心等待答案。三秒后，嫂子惊呼：“曾小贤！”

12. 蚂蚁见大象在游泳，道：“你上来！”大象爬上来，蚂蚁看看说：“下去吧！”大象怒：“你干什么？”蚂蚁说：“没啥，我泳裤丢了，看看是不是被你穿上了。”

13. 蜘蛛说：“我上网，从不交网费。”

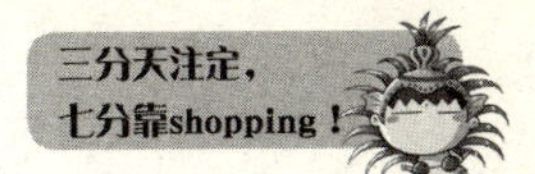

春蚕说："我也不交，我上的是局域网。"

毛毛虫说："我真倒霉，刚吐出丝，正准备拉网线，环卫工人就拿着杀虫药来找我的麻烦了。"

赵本山说："听虫一席话，胜读十年书。原来乌龟产下带丝蛋，不是为了让人扯蛋。那些丝，是用来拉网线的啊！"

超搞老爸老妈，你们太欢乐啦

1. 老妈刚学工笔画，画了 10 幅各种牡丹，让我帮着想题什么字。因为画面比较小，只能写 4 个字，国色天香、雍容华贵、倾国倾城、花团锦簇……想了几个，还没凑够 10 个。正在这个时候，我那个搞了一辈子工科的老爸搭腔了："你就写，国色天香 1 号，国色天香 2 号，国色天香 3 号……"

2. 有次听到爸妈在聊天，老爸说："以后谁娶了我们女儿……"老妈接话说："太可怜了，我们应该好好同情女婿？"老爸："不，那应该是那个人上辈子造孽太多了，不值得同情。"

3. 和爸妈闲聊，聊着聊着话题转到家庭地位上，老妈说："在咱家，女儿第一，我第二，你（指老爸）排第三。"老爸低头不说话。老妈接着又说："多亏咱家没养小狗，要不你就得排第四了。"一直沉默不语的老爸石破天惊地来了一句："这就是我一直不养狗的原因。"

4. 爸妈在客厅看电视剧《向着炮火前进》。我爸问："哎，你看那个人是不是以前小虎队的？""嗯，叫什么名字来着？""好像……对了，隆力奇！对对，就是他！"

5. 化学课上学了可溶性钙镁化合物遇肥皂水起浮渣，回家便告诉妈妈，洗衣服洗出来的不是皮屑，是钙镁化合物。过了几个星期，老妈洗衣服时突然

喊了一声："天哪！这么多钙镁化合物！！"

6. 一天我和妈妈从火车站回来，看见一个老人牵着小狗遛弯儿，我发现那个小狗腿是弯的，便悄悄告诉妈妈："那狗腿不直！"忽然发现老妈对我怒目而视，我才想起来，老妈腿也不直……

7. 一天，我和爸妈去佳木斯玩，路过商业街一个小摊儿前，小贩好像在介绍什么产品，正在那儿说："第一步把拖布头拧下来……"我们正经过，老爸接了一句："第二步把大象放进去……"那小贩更逗，接着说："第三步把冰箱门关上！"

8. 一天，我偶然想起金陵十二钗，便问妈妈十二钗都有谁，老妈认真地想了想，说："钗钗有爷名！"

9. 一天早上，老妈叫了我 N 遍后，我才恋恋不舍地起床，只听见厨房里妈妈特温柔地说："起没起来呀？没起来咱今天就不上学了，咱在家睡觉吧！"吃过饭，我在沙发上磨蹭不想走，老妈大怒："快点快点，不上学啦，磨叽啥呀？！"偶无语。

10. 我妈问我在学校喝不喝水，我说不喝。老妈急了："人都说女儿是水做的骨肉，你这也不是呀！都干巴死了！！"我说："我是泥做的，行了吧？"老妈紧接着来了一句："你才不是泥呢，泥里边也有水啊！你就是一堆土，就是一点水都没有的沙土堆的！！"偶郁闷了一下午。

11. 老妈在家来来回回晃了几圈，边晃边说："我打完苍蝇拍把苍蝇放哪儿了？"

12. 老爸："吃西瓜去！"老妈："不吃，我吃药，忌生冷的。"老爸一脸认真："不冷啊，我刚给你热完，还冒热气呢！"

13. 一天和爸妈逛街。老妈说，"我饿了。"老爸转过头对我说，"去那边同仁堂给你妈买点吃的……"

发生在身边的搞笑破事

1. 我一同学跟我说他记忆力不好，记性很差。我问他："那你记性差怎么考上大学的啊？"他答："因为我眼神好。"

2. 同学A："这首词是辛弃疾写的……"

同学B："我怎么知道，星期天吧。"

3. 生物老师是个很有趣的老头，有一次他问大家："同学们，人的染色体有多少对？"

教室一角某同学答："64对。"

老头淡定而严肃地说："嗯，现在告诉我，你来地球的目的是什么？"

4. 用"运气"造句，某同学：我一运气，大便就出来了。

5. 同学说："你下午去对提款机唱歌吧。"

我说："为什么啊？"

他说："这样提款机就吐了。"

6. 感冒很久了，一直也不好。一次自习课，老师出去了，我就放心大胆地擤鼻涕，声音有点大。忽然听见后面幽幽地传来一句话，模仿广告语气："孩子感冒老不好，多半是废了。"全班爆笑，我瞬间石化。

7. 我们班一群二货集体把短信铃声调成屁声，某天，讨厌的政治老师进门的时候，某个同学给全班群发了一条短信。

8. 商人和收藏家、小偷一起去见仁慈的上帝，上帝决定满足他们每个人一个要求。

商人："我要钱！美元、英镑……"

收藏家："我想要世界名画，毕加索的、凡·高的……"

小偷："把他们两人的地址给我就行了！"

9. 刚下火车的一个旅客向路边的鞋匠打听道："老师傅，请问男厕所在哪儿？"

鞋匠："女厕所隔壁。"

10. 老师：小明同学，解释一下什么叫作四舍五入？

小明：卖了 iPhone 4，再买一台 iPhone 5！

11. 大雪下了整整一夜，第二天一早，我准备好工具，打算带儿子到小区的广场上堆雪人。在出门之前，儿子和我商量："爸爸，到了广场上，你站着别动，我往你身上铲雪，让我堆一个又高又大、还会跑会眨眼睛的雪人好不好？"

12. 晚上，我在书柜中想要找本书看看。看到书柜中有一本薄薄的书，我就抽出来看看，原来是教做包子的。一会儿，老公来到书房，看到我正在看书，就问我看的是什么。我把书的封面给老公看了一眼。老公诧异地说："书柜中那么多书，有孔子的，还有孟子的，你却看包子。"

我有一个好老公，你有吗？

1. 晚饭后，我洗碗，老婆坐沙发上傻笑；我擦地，老婆还坐着看电视。

   我说："能不能帮把手？"

   她说："我才不想动呢。"

   我说："凭什么你就老坐沙发上看电视，我就得擦地啊！"

   她说："这你可不能和我比了，我有一个好老公，你有吗？"

2. 妻子下班回家，二话不说，拿起丈夫的胳膊就狠狠地咬了一口。丈夫被咬得很疼，看着胳膊上深深的牙印，吼道："你干吗咬我？"妻子拿起丈夫的胳膊，认真瞅着上面的牙印，说："我并不是故意要咬你的，刚才单位的同事们都说我的牙齿长得不齐，所以我在你胳膊上咬出道印子来看看。"

3. 一天早上，烧好水刚拎起水壶，回身见到睡眼蒙胧的老婆，想到昨天她的小错，开始教育她。两分钟了，老婆乖巧地一言不发，未作任何狡辩。暗自得意：老婆认识到错误了？水壶拎久了我也累了，结束教育转身要走，听见老婆小声嘟囔："要不是看你拿开水，老娘和你拼了！"

4. 彪悍女生的口头禅："不平胸，何以平天下？""妈的！平板电脑都是电脑！平胸女银咋就不是女银了呢？！"

5. 音响在放《我是一只小小鸟》，我纵情歌唱："我是一只小小小小鸟……"

老婆一旁冷眼道："哟，还挺有自知之明啊！"瞬间石化……

6. 取钱的时候，ATM 机上贴着"不要插坏了"，我心想尼玛老子能有多大的劲儿啊还能插坏？小心翼翼地把卡插进去后，卡被吞！卧槽！"插"字后面加个逗号会死啊？！

7. 我们老板有个侄女大概五六岁，每天来公司玩。小孩喜欢骂人，老板又疼她。我们又不能跟小孩计较，只能忍耐。终于有一天，同事一妹子受不了说要教育她一下。我问怎么教育？她说保密。第二天，没见小孩来，听说昨晚被家人打得很惨！经过哥百般打听，好像是那小不点对老板连叫了几声：丫买碟……我不由得敬佩起同事妹子来。

8. 一个男人在坟地里割草，忽然听到有声音。他以为是遇到鬼了，过去一看，是一个人在敲墓碑。男人说："吓死我了，我以为是鬼呢。你在干什么？"那人说："我在改名字呢。他们把我的名字写错了！"

9. 如何保证施工质量？如何缩短项目工期？如何控制建设成本？此时，传来包工头的吆喝："发啥呆啊，快点过来搬砖！"

10. 一朋友在殡仪馆守灵，半夜闲着无聊，就用微信搜附近的人，竟搜到一妹子，随即给妹子发了条信息。过了半天收到对方回复：大哥，能给俺烧台 iPhone5 吗？喜欢白色的！谢谢！好人一生平安！

11. 山区多寿星的原因：道儿太远了，牛头马面去一次挺累的……

12. 一教授讲课：人死了变成蝴蝶，是浪漫主义。被牛头马面请走，是古典主义。被火化，是现实主义。被冷冻等复活，是超现实主义。还有，大家想不到我已经死了吧？这是荒诞主义……

13. 我的女友是极品。我问她："为什么男女之间在恋爱时，一见面就想接吻，结婚之后，却不怎么接吻了？"她狡猾地对我说："恋爱时，男女一见面，就想知道对方吃的是什么饭菜，可问又问不出口，所以就通过接吻的办法用舌头去探测一下。结婚后，两口子吃的是一样的饭菜，因此接吻自然就用不着了。"

14. 有一个财主向别人吹嘘他一把蒲扇摇了30年还如新买的一样，别人不信，问他你怎样使用的？财主说："我用手拿着蒲扇不动，头在蒲扇前摇动。"

15. 有个十分迷信风水的人，动不动就要向风水先生请教。一天，他坐在一堵墙下，忽然哗啦一声，墙头倒塌，他被压在砖土之中，急得大叫救命。家里人说："别急，你忍耐一下，等我去问问风水先生，看今天这日子能不能动土！"

16. 两个孩子租了一条船去钓鱼，湖上僻静的一角，他们发现有个地方鱼不少。

A："我们最好在这儿做个记号，这样我们明天又可以来这里钓鱼。"

B："好极了，我来做记号！"

他们回到船坞时，A问道："你在那儿做了个什么记号？"

B："我用粉笔在船身上画了个圈。"

A："你这大傻瓜！你怎么知道明天咱们还能租上同一条船呢？"

妙侃婚恋男女，太有才了

1. 为什么公鸡总是高兴地唱歌？因为它的老婆比任何人都多，却没有一个丈母娘！

2. 研究发现，已婚男人比未婚男人长寿，其实那只是因为感觉上度日如年罢了。

3. 女人只要认识一个男人，就能了解所有男人；然而男人即使认识所有女人也不见得了解女人。

4. 女人要让男人动心，首先要学会动人。

5. 亚当和夏娃是全世界最快乐、最幸运的夫妻，因为他们没有婆婆也没有丈母娘。

6. 女人说谎是为了让你觉得她很好，男人说谎是为了让自己看起来更棒。

7. 问："什么是名誉地位？"答："好比说男人是一家之主。"

8. 对女人而言，嫁给一个你爱的人，就会失去自我；嫁给一个爱你的人，就会失去自由。

9. 好名声，是女人最好的嫁妆。

10. 情人总会分手的，只不过变成夫妻后会慢一点。

11. 终于知道女人为啥成天问这么多问题了！因为她们缺一条“Y(Why)”染色体……缺啥补啥呀。

12. 麻将与婚恋：青梅竹马是天和，自由恋爱是地和，媒妁之言是平和，一见钟情是炸弹，暗恋不过是单吊。

13. 软件术语与婚姻：“试用版”就是谈恋爱，“注册版”就是结婚了，“标准版”就是生儿育女，“专业版”就是老夫老妻，“升级版”就是婚外恋，“盗版”就是偷情，“加密版”防出轨！

14. 脸红心跳是写作冲动；暗恋是立意和选材；“怎么追呢？”是构思；皮鞋一尘不染发型一丝不苟，是修辞；请她看电影、送玫瑰是投稿；“脚踩两只船”是一稿多投；约会是稿件被留用；结婚是文章发表；孩子是稿酬；婚外恋是剽窃败露；离婚是封笔。

又被包黑子冷倒了

1. 包大人对展昭说："一会儿看我脸色行事。"

展昭："你 TMD 在逗我吧！"

2. 包青天向皇上说起百姓的贫困生活："有些地方赋税很高，百姓生活好苦，连煤油灯都点不起，屋子里漆黑一片，我进去他们都看不见我。"

皇上烦烦地看了他一眼说："这是你个人问题，麻烦下次举个合适点的例子好不好？"

3. 公孙策每次写完毛笔字都有舔一舔毛笔的习惯，所以嘴唇总是黑黑的，一天展昭凑过来对公孙策说："我有个问题想问你。"

公孙策说："有屁快放。"

展昭说："你……是不是亲了包大人？"

4. 展昭学画，只见宣纸上面一团乌黑，公孙策说他浪费纸张。

展昭冷冷道："我这是在画包大人的肖像，懂吗？"

歌曲、对联也恶搞

1. 《新白娘子传奇》插曲之《开饭咯》：哎嗨嗨，哎嗨嗨，哎嗨嗨，哎嗨嗨。西葫芦美景，山药甜哪！春芋入酒，溜乳燕哪！有缘千鲤来相烩，无缘炖面手难拙。十年修得同涮肚，百年修得共抻面。若是炝呀腌呀有灶哇，白薯通心菜眼前！若是炝呀腌呀有灶哇，白薯通心菜眼前！

2. 谨以这首《水手》高潮版，献给天下胖女孩——她说丰腴肿这点痛算什么，擦干泪不要怕，至少我们还有萌。她说丰腴肿这点痛算什么，擦干泪不要饿，胃折磨！

3. 任贤齐版《神雕侠侣》："杨过悲也好，杨过醉也好，小龙女她都不明了。"

4. 孟庭苇的《你究竟有几个好妹妹》：为何每个妹妹都嫁给人类？

5. 我们坐在高高的骨灰缸边，听妈妈讲那过去的事情……

6. 我们的祖国是花园，花园的花朵真鲜艳，河南的阳光照耀着我们，美国人脸上笑开颜。

7. 上联：这TM天，真TM冷，冻TM死了，咋TM整？

下联：活TM该，倒TM霉，穿TM少了，赖TM谁！

横批：全 TM 废话！

8. 上联："大旱三年，仓空，井空，仓井空"

下联："阴雨十日，屋烂，藤烂，屋藤烂"。

巨雷的儿童日记，伤不起呀

12月19日 星期三 晴

今天天气很好，爸爸本来说好带我去商场的，可是刚才他打电话说要加班，帮很多人在网上修电脑，要我在家好好写日记，爸爸说话不算话，男人都是这样！哄女人开心，骗我们！

听丽丽说，后天地球会发大水，把大家都淹了。反正妈妈在造船厂上班，洪水来了我就上妈妈的船，叫上丽丽，还有李小明，一起上船。李小明追了我好久，前天还送给我一个 iPhone5，虽然我们还在暧昧，但我觉得有钱的好男人不多了，就算最后不能娶我，也可以做朋友的。

那个负心汉王小涛，绝不让他上船，就算求我也没用！当初他说看遍人间繁华，各种美女，只有我是他的真爱，怪自己一年级的时候太年轻不懂事，他的花言巧语，竟让我无法自拔，上周，他看上了三班的班花小燕，和我提分手，130 天的恋爱，这么多恩爱，竟然被辜负！王小涛！当年我们的山盟海誓你都忘了吗？那种背叛的感觉，我觉得自己都不会再爱了！

以后一定要找 2005 年以前的男人，年龄大靠得住。现在的小男生都看《喜羊羊与灰太狼》，太幼稚了，真的伤不起。唉。

你妈才长这么丑！

1. 高中时有很多针对学生的励志演讲，最终目的是让你买他的书，弄得人都烦了。一次，我们学校请了一个大叔，在台上可煽情了："想想你们母亲枯槁的双手，爬满皱纹的眼角，日渐蜡黄的脸颊，消瘦的双肩，你还忍心伤害她吗？"

突然，后面一孩子爆发了，大喊："你妈才长这么丑！"

2. 我一闺密在医院五官科实习，某日帮一小伙检查完后直接在人家的体检报告里填了一个"帅"字，然后……当晚便熬夜写了检讨书。

3. 一天下班，我给家里打个电话，告知老婆做饭等我，迷茫中电话被接通了。"喂，你好！"一个清脆的女声惊醒了我，打错了，哈，正好聊一会儿，机遇呀！

……（我们聊着）

忽然，电话那端传来熟悉的声音："谁的电话呀？"

"姐夫啊，他在骗我呢！"女孩答道。

我拿着手中的电话筒，石化。

4. 刚用 QQ 时，不太懂。一次聊天时，网友问我：QQ 软件怎么升级啊？我不懂装懂，答：你先把这个旧的卸载了，我再告诉你怎么做！于是，半分钟后，网友的头像变成了灰色。从此，这个人消失了。

5. 小时候很勇敢很勇敢，有次在幼儿园里，医生给我们打疫苗，老师在边上谆谆教导：“哪个小朋友勇敢呀，让我们看看最勇敢的小朋友在哪里，第一个来医生阿姨这里？”问了半天也没有人理她，大家都往后缩，后来只见我大步走到医生面前。老师高兴地说：“还是×××最勇敢……”话还没说完，只见我一把抓起桌上的针头针管全部扔到了窗子外面去了……

6. 冬天乘公共汽车时大家都爱戴手套，这样握冰冷的扶手时就不会有彻骨的感觉，但是我就没有这个习惯，从来都不戴手套，一次乘公车时，一站上来两个�扈的中年妇女，上来就旁若无人地大声聊天，就听一个讲：“快春节了，小偷特多，坐车得多注意小偷。”另一个讲：“可不是，我跟你讲一般小偷别管多冷都不戴手套，就是为了干活方便……”我听后一看，全车就我一个没戴手套。

7. 我们在医院实习，一次七个兄弟外出晚餐，和三个小混混发生口角，既而演化为斗殴，三个小混混被我们打得不成人形。后来他们被送进五院来，我们得到消息后立马穿上白大褂扑了过去。当他们三个看到站在面前的医生竟然就是刚才揍自己的人时，脸上那种绝望的表情啊……真是此生难忘啊！

8. 在一家卖首饰的店里，我想买一个银质的手镯，就是那种一个大圆环形状的，看见一个比较满意的，店员就拿给我看，问我自己买还是送人，我就说自己买啊。就又问我要不要试一试，我就在手腕上比一比，说不用试，我比一比就行了。店员再一次问我是自己买还是送人，自己买就试一试吧！我说自己买啊！于是决定试一试。我开始往手上套，店员诧异地看着我（这个我倒是没看见，因为我在努力地往手上套那个手镯）。几十秒之后店员终于看明白了，说，小姐，这个是耳环。

9. 初中时一次数学课上，老师正在讲一道经典的几何证明题，讲到精彩之处，老师用教鞭指着黑板，用深沉的男中音说道："请注意！"突然，外面一声甜美的女声接道："倒车！"众人惊！原来是窗外有辆卡车在倒车，自动播放着"请注意，倒车！"全班爆笑。

10. 有一次从市场出来坐车，坐的是小型的公共汽车，人非常多，我就随便扶着一个竖杆（金属的那种）。人多，车也不停地晃，我突然发现我扶的这个杆子也跟着车晃，心想，这车摇晃得这么厉害啊，竟然扶杆都能跟着摇晃。就这样过了一站，很多人都下车了，我才发现，我一直扶着的是一个金属杆的拖把。一个妇女一手拿着拖把，一手抱着小孩，对我瞪着眼睛。

11. 中午在一个武侠风的饭馆吃饭，那里味道一般，价格比较便宜，特点就是那里不管什么都有武侠风。管顾客叫客官，管服务员叫小二。菜名也是武侠风，红烧猪蹄是降龙十八掌，羊肉煲叫九阳神功。中午吃九阳神功的时候一只小强在桌子上跑来跑去，怒了就叫小二过来，小二一见高呼：有刺客！

12. 一次，我在街上走，突然接到朋友打来的电话，于是和他边聊边走。在和几个人擦身而过后，我下意识地伸手摸裤兜，然后发现手机不见了。全身上下到处摸过也没有（怎么可能有，汗），我急得出了一身汗，于是对着我朋友大叫："糟了！我手机不见了！"晕死。

13. 有一次，因为有事要联系一个同学，但是手机里没存他的号码，于是给另外一个和他很熟的同学发短信："请问有 ××× 的电话号码吗？"然后耐心等候回复，5 分钟后，终于收到回复了，迫不及待打开短信，赫然写着"有啊"两个大字。无奈之下，只能再发短信给这位大哥，"那么，请告诉我好吗？"又继续等了 5 分钟，收到了回复，再次迫不及待地打开来看，赫然写着另外两个字："好啊！"

14. 一个男孩去找自己的同学，在同学家的门口看见一只大狗。

同学在门内嚷：“你怎么还不进来？”

男孩：“这只狗咬不咬人？”

同学：“我们也很想知道，因为它是刚刚才来的！”

15. 山羊把大象介绍给蚊子当对象，蚊子一口答应了，可蚊子的父母得知后劝道：“儿啊，我们连订婚戒指都送不起啊。”

让人内牛满面的歌词改编

1. 食堂歌:《菊花残》

你的双手，柔弱的颤抖，仅有的几片肉，落入人手，队太漫长，挤成了两行，是谁在队尾冰冷的绝望。

我紧靠近，刷饭卡的窗，剩下的几个菜，被风吹凉，梦在厨房，化成一缕香，随风飘向窗外操场。

菜花残，酸菜汤，过夜馒头已泛黄，价格人断肠，我心意渐渐亡，生活费，仍未变，并且拖欠一天天，徒留我孤单在寝室泡面。

下课抢饭，脚步声狂乱，狭窄的过道上，脏乱不堪，愁莫稀饭，水和米一半，怕你钱花光仍然饿得慌。

谁的炒饭，还没有吃完，破烂的碗面上，不见油盐，灯微微亮，到处是蟑螂，凉面板上是蜘蛛网。

菜花残，徒留我孤单在寝室泡面。

2. 英语单词《因为爱情》版:因为单词，不会轻易背上，所以英语还是初中的模样;因为词汇量，基本不生长，喝两瓶啤酒就能全部忘光;因为单词，总是背完就忘，我曾怀疑我脑子里装的是豆浆;因为单词，在那个地方，就算你背得痴狂疯狂抓狂，还是背完就忘。

3. 室友《朋友》版:室友啊室友，你可曾想起了我?上一次你欠了我的钱，请你还给我。室友啊室友，你可曾记起了我?如果你不把钱还给我，请你告

诉我。室友啊室友，你可曾想起了我？如果你还记得，我们昨晚斗地主，你输我一把，没给钱！

4．室友《霸王别姬》版：你提着，滚滚开水。深夜里，无人能够入眠，望苍天，四方晕动，这么臭，问这是谁的臭脚！人世间有好多臭脚，我独怕，怕你那一双。伤心处有谁会知我心痛，多少年就这样度过。我的天，受不了，你洗脚，全都跑，你把袜子一脱，所有人都晕倒。我的天，受不了，你的脚，要砍掉。来世若再室友，现在我就上吊！

二货夫妻欢乐多

1. 丈夫对妻子说："为什么上帝把女人造得那么美丽却又那么愚蠢呢？"

妻子回答道："上帝把我们造得美丽，你们才会爱我们；把我们造得愚蠢，我们才会爱你们。"

2. 夫妇俩一起去参观油画展，当他们面对一幅仅以几片树叶遮挡的裸体女像时，丈夫立刻目瞪口呆地盯着那幅画，过了半晌仍不想走开。妻子叫了几声，见他毫无反应，于是就狠狠揪住他的耳朵吼道："喂！你是想站到秋天，等树叶落下来才甘心吗？"

3. 一个男子很怕老婆。一天，他老婆又当着客人的面和他吵了起来，并打了他一耳光。为了面子，男子壮着胆子大吼："你敢再打我一下？"他老婆毫不犹豫地又打了一下。男子看吓不住老婆，只得说："既然你这么听话，我就饶你一次吧。"

4. 妻子心血来潮，站在镜子前仔细端详，发现自己的脸竟是那样难看，不禁放声大哭。坐在一旁观察已久的丈夫说："你偶尔照一次镜子就那么伤心，那我天天看着你又该怎么办？"

5. 有个怕老婆的县官，被他老婆追打，狼狈不堪地躲到床底下。他老婆敲着床沿大声说："快出来，快出来！"县官缩在里面说："男子汉大丈夫，说

不出来，就不出来！”

6. 妻子到监狱探望丈夫时问：“亲爱的，你在这里过得怎么样？”

丈夫回答道：“就跟在家一样，哪儿也不让去，伙食也糟透了……”

7. 丈夫回家很不高兴，妻子关心地问：“你遇到不顺心的事了吗？”

丈夫：“今天我在公共汽车上拾到200元钱。”

妻子：“那应该高兴啊！”

丈夫：“另一个乘客也看见了，我和他平分……”

妻子：“那你不是还有100元吗？”

丈夫：“回家前，我才发现那200元其实是我自己丢的。”

8. 妻子关心地对丈夫说：“老公，你近来老是说梦话，要不我陪你去医院检查一下身体？”

丈夫惊慌地答道：“不用，如果医生给我治好了这毛病，那么我在家里的这一点点发言权都没有了！”

9. 妻子对丈夫说：“你喜欢我苗条的身材吗？”

丈夫说：“喜欢。”

于是妻子就买了很多昂贵的衣服。

丈夫每天都给妻子做许多好吃的，终于妻子发福了。

妻子问：“你喜欢我的胖身材吗？”

丈夫说：“太喜欢了。”

妻子：“你不是喜欢我苗条吗？”

丈夫：“以前喜欢你苗条是因为以为可以省布料，但是我错了，现在喜欢你胖，是因为你再也买不到合适的衣服了。”

10. 老婆："亲爱的，如果明天天气好，陪我逛街买衣服吧！刚才天气预报怎么说？"

老公："下大雨，刮大风，打大雷，可能还有强烈地震！"

11. 老婆逛街买了条裤子，回来后神神秘秘地对我说："嘿嘿，今天赚啦，打车在出租车上捡了条裤子，我试了试特别合适，就像专门给我买的一样。"我也挺高兴，第二天跟同事们讲这件事，发现女同事们都是一脸诡异，其中一个幽幽地说："我买了比较贵的衣服也这样跟老公说……"

经典冷笑话，那叫一个冷

1.　先在桌子上放个笔记本，然后把你的下巴放在笔记本上，好了，这是我送你的礼物——笔记本垫脑！

2.　顾客："我想买本书，里面没有凶杀，却暗藏杀机；没有爱情，却爱恨难舍；没有侦探，却时时警惕……你能给我介绍一本吗？"

店员："《股市行情》。"

3.　经羚羊大婶介绍，斑马先生与袋鼠小姐初次见面相亲。

袋鼠小姐想放松一点，于是风趣道："一看你就是个'黑白道儿'上的人物。"

斑马先生："是呀，所以你才是我的最佳人选。"

"为什么？"

"前天我去抢银行，那么多钱，装到最后，才发现少带了一个口袋！"

4.　老板的情人怀孕了，老板不愿意要这个孩子，可情人不同意，坚持要。老板怕妻子知道，便打发情人到外地去生孩子，并嘱托说："如果孩子生了，你就寄张卡片给我，在上面写上：一个汉堡。我就会汇钱给你。"10个月刚过，老板就收到了一个明信片，老板一看就哭了，明信片上写着：四个汉堡；三个有香肠，一个没有！

5. 把对方搞疯的办法：无论对方说什么，你都回答："你牙齿里有根青菜。"如果对方说："乱讲，我今天没吃青菜。"你就惊讶地说："原来是昨天的啊！"如果对方对你说"你牙齿里有根青菜"，破解的办法是："你想吃吗，我可以抠给你。"

6. 爸爸："你年纪轻轻的抽什么烟，还不赶快戒掉。"

儿子："您都抽了几十年的烟，为何还不戒掉？"

爸爸："我年纪大了，戒不戒无所谓。"

儿子："我年纪轻轻的，以后再戒还来得及。"

7. 在酒会上，一位女人问邻座的男人："对面的那个丑八怪是谁？"

"是我的哥哥。"男人回答。

女人说："不好意思哦，你们长得这么像，我怎么没看出来呢？"

8. 一个年轻人正在努力想向心爱的女孩表白心迹。

"虽然我没有比尔那么富有；虽然我没有比尔拥有的豪华住宅和汽车；虽然我不能像比尔那样能为你买漂亮的钻石和珍珠。但我爱你。"

女孩说："比尔结婚了吗？"

9. 坐在我身后抱着小男孩的女人我看着十分面熟，为了和她套套近乎，我讨好道："嗨！这小家伙和你丈夫长得真像。"

10. 花木兰告别了父母去参军，到了战场，在一次战斗中大姨妈来了，由于出血过多，在战场上昏到了，当她醒来时，发现自己在军中帐篷里，当时一位军医跟她说："将军您在战斗中受伤了，您的小弟弟没保住，但是伤口我缝好了。"

11. 一对男女晚上不得已同睡一个房间，女的划了条线并警告男的："过线的是禽兽！"第二天女的发现男的真的没过线，立刻打了男的一个耳光："想不到你居然连禽兽都不如！"

12. 面条蛮横，一日想要揍麻花却未敢出手，因为其死党饺子对其耳语："大哥，忍了吧，听说人家麻花下油锅都挺过来了。"

13. 某俱乐部招兵买马，一球员前去试训，试训完后他向教练询问情况。

教练说："你不行，速度太慢。"

球员马上道："没关系，我可以打后卫。"

教练道："后卫也不行，你身高不够。"

球员又说："没关系，我可以打中场。"

"中场也不行，你没有灵气。"

球员不服气。"那我可以踢点球，我是点球专家。"

"更不可能委你点球重任。"教练道，"你心理素质太差，我发现你在场上注意力不够集中，踢得太随意。"

"那太好了"球员激动起来，"我正好可以发任意球。"

14. 小王帮老婆拿体检单，护士对小王说："有个和你太太同名的单子搞混淆了，两张的消息都不妙，一张是脑萎缩，一张是艾滋病。小王大吃一惊，不知道怎么办。护士说："医生给了个好办法，带你太太去旅行，把她丢在半路，如果她能回到家，你就不要和她同床了。"

15. 向同事倾诉："我以前拍照挺好看的，现在怎么越拍越丑了啊？"同事淡淡地说："现在的像素越来越高了。"

坑爹啊！能再不靠谱点吗？

1. 表哥30了还单身，一次我问他："表哥，你们单位那么多美女，为何到现在你还不找个女朋友？"

表哥冷冷地说："兔子不吃窝边草！"

我说："都这把年纪了，你还'兔子不吃窝边草'！"

表哥沮丧地说："美女才是兔子，我是草！"

2 "亲爱的，我现正在国际机场，准备去参加一个学术研讨会。已登上飞机了，哦，我的小姐，你注意点啊！亲爱的，不好意思，刚才空姐不小心把茶溅到我身上了……"

"是吗，那位空姐对你实在太好了，连你在飞机上打手机都没劝阻你，去死！"

3. 现在手机上能聊QQ，我就经常躺在床上加好友聊天。有天我上街遇到一个女网友，就高兴地给同伴介绍说："我们俩是在床上认识的。"

4. 妈妈让儿子去买五斤苹果回来榨苹果汁，结果回来一称，只有四斤半，便带着儿子来到苹果摊前质问："你怎么能缺斤短两，五斤的苹果连四斤半还不到，是不是看他是个孩子好骗啊！"

摊主满脸委屈地道："我没有缺斤短两呀，你称过你的孩子没有？是不是他增重了。"

5. 想起小时候一次在饭店吃饭，吃完后有抽奖活动。当时我从抽奖箱里拿出纸条，大声念道“哇！啤酒10斤！”饭店的服务员在一旁冷冷地纠正我道：“那是‘啤酒1听’……”

6. 邻居大妈看见我和媳妇出门。问我：“这丫头真漂亮，多大了？”我笑着看媳妇说：“你有20没？”媳妇心花怒放，笑着说：“讨厌。”我又说：“你到底有没有啊？我打的没带零钱。”媳妇一脸黑线。

7. 陪女儿午睡的时候，快递给我打电话。我怕吵醒宝宝就压低声音说：“你谁啊？”结果快递也压低声音说：“我送快递的，在你楼下，你下来拿。”

8. 她是全公司最认真也最漂亮的女员工，就连经理也忍不住想和她搭讪。

“我有车，送你吧？”

她却摇头道：“不用。”

“别客气。”

“您爱人不介意？”

“不会的。”

“多不好意思。”

“呵呵，要不要，给句话。”

她终于勇敢地点了点头，却忍不住补充道：“送了我就是我的了，不许再要回去啊。”

9. 最近喜欢摄影，就去商场买相机，看到了各式各样的镜头，有长有短，五花八门。突然，我看到一个特别长的镜头，就问店主：“那么长的镜头肯定特别贵吧？”店主看了一眼，回头跟我说：“那是望远镜。”

10. 正在餐厅吃饭，突然旁边来了一位大姐，身上各种香水的味道。真是受不了啊，一点吃饭的胃口都没了。左思右想，最后我只能把鞋脱掉了。

11. 喝醉之后想去抓鱼，可是大冬天的到哪儿去抓呢？醉汉出去转了一圈，发现了一块很大的冰，马上开始凿。这时传来一个声音："喂，别凿了，那下面没有鱼！"醉汉抬起头，四周看了看，没有人，又蹲下接着凿。

"你这个人怎么回事？我叫你不要凿，你听见没有啊？"

"你叫什么叫，你怎么知道下面没有鱼，你以为你是上帝啊？"

"我不是上帝，我是这个溜冰场的经理！"

12. 丈夫喝醉酒回家，蹑手蹑脚地摸进盥洗室，找来一些橡皮膏，对着镜子，往自己醉酒闹事留下的伤口上贴，然后悄悄爬上床。第二天早上，他被妻子摇醒了。妻子叫嚷道："你说再不喝酒了，昨晚怎么又喝醉了。你去瞧瞧，盥洗室里的镜子上，横七竖八地贴了多少橡皮膏？！"

13. 一位醉汉午夜以后才跌跌撞撞地往家赶，他家住在七楼，当他爬到六楼的时候，忽然觉得刚才喝酒时忘了唱卡拉 OK 了，于是放声唱了一句："小城故事多……"

这时楼下正好有一位小姑娘刚下夜班回来，她听到后，不由自主地接了一句："充满喜和乐……"

醉汉听到后很生气，就又跌跌撞撞地下楼来，走到四楼的时候，正好遇到那个小姑娘，于是顿喝："站住！"

小姑娘以为遇见了强盗，吓得手足无措，连说，"大哥，我刚下夜班回来，真没有钱。"

醉汉大吼："住口！"

小姑娘又哆嗦着说："你……你把包拿去吧……"

醉汉这才结结巴巴地说："告……告诉你，记……记住了，以……以后唱歌，自……自己起头！"

14. 一个酒鬼回家刚躺下，就挨了女人没头没脑一阵揍。

酒鬼说："我又没醉，为什么打我？"

那女人边打边骂："你还没醉？连房间都进错了！"

酒鬼眯着醉眼，看了一眼女人说："对不起，原来不是我老婆……"

他话刚说完，头上又重重地挨了一下："放屁，我就是你老婆，正在邻居家做客！"

爆笑！哥帮女友买文胸

吃完午饭，正在看电视，老婆来电话，让我去给她买文胸。顿时我脑袋里一片空白，但是一向无敌的我怎能说不敢去买，反正不是周末，路上人不多，我就去看看。

附近有个大超市，肯定有。问完尺寸，我就出发了。到了超市二层，找到了文胸货架，好家伙，这么多啊，琳琅满目啊！至少有上百种，可是都是女孩子在挑选啊，只有一个男的，还是陪女朋友的。怎么办？我只好在旁边装作要买保暖内衣。一看文胸货架前面没人了，我马上跑了过去，本来想在最短时间内随便拿一个就走，突然发现不可能，文胸大小号码怎么没标出来啊？老婆说不要带海绵的，我只好用手摸一下文胸的厚度，就在我的手接触到文胸的一刹那，一对情侣出现了。女的在看文胸，男的在看我！我只好再次去保暖内衣货架前躲起来。这对男女挑了半天才走，边走边聊天，我只好硬着头皮再次过去挑选。这时候突然听见后面一个男人小声说了一句："刚才就是他。"我一回头，刚才那对男女又回来了，指着我在窃窃私语。女的看我的眼神由好奇变成了吃惊。妈的，不会把我当成变态了吧？以为我有恋物癖吧？真想揍一顿这个猥琐男，妈的，恋物癖是拿用过的文胸不会拿新的好吗？！

怕影响我的光辉形象，我只好以最快速度拿了一个闪人。出了一身汗！快步去结账，当我到达收银台的时候，我后悔了——收银台的人不少啊！大家在排队的时候无所事事地东张西望，而我的购物筐里面只有一个文胸而已。大家的眼光飘来飘去，最后在我的腋下停止了，我当时想的就是马上结账走人，可这个世界很多时候是不能如愿的。前面的五个人，有四个刷卡。在旁边的收银台已经换了三茬人的时候，该我结账了，一种解脱感油然而生，56.30 元，我有零钱，我不刷卡。当我把钱一分不差地交给收银员，准备离开时，收银大姐说了一句话："对不起，我这里没有塑料袋了，您自己拿走行吗？"

我自己拿走行吗？妈的，我一个大男人能拿这个走吗？我刚要发火，回头看了看十几个一直盯着我购物篮的变态们，狠狠地说了句"行"！扭头就走，小票都没要啊。

还好我穿着棉大衣，放在大衣里面，成功！

累死了，坐车回家。一会儿，车来了，人还不少。没关系，我一个箭步就冲上去了，在人群之中第一个上了车，从大衣里面的口袋里掏出公交卡，滴的一声，然后向车尾座位走去。

这时候，售票员在我耳边喊了一句："小伙子，有东西掉地上了……"下一幕，就是我灰溜溜地拿着文胸下了车，头也不回地走了，身后有人在说："这车太挤了，把一个人的胸罩都挤掉了……"

无节操小段子，笑喷了

1. 高富帅："你女朋友还好吗？"

屌丝："挺好的，只是偶尔会漏气。"

2. 语文课上，老师让大家说出"一……一……"格式的成语，比如"一心一意"。画家的儿子："一笔一画。"船长的儿子："一波未平，一波又起。"房地产商的儿子："一室一厅，一厨一卫。"

3. 上语文课时，老师让同学们用新学的成语"愁眉苦脸"和"笑逐颜开"造一个句子。豆豆抢答道："每个月发工资时，爸爸总是愁眉苦脸地把钱交给妈妈，妈妈笑逐颜开地数钱。"

4. 一男生暗恋一女生许久。一天自习课上，男生终于鼓足勇气写了张字条给那个女生，上面写着：其实我注意你很久了。不一会儿，字条又传回来，上面写着：拜托别告诉老师，我保证以后再也不上课嗑瓜子了！

5. 老师："你这篇作文怎么前后风格、语调完全不同呢？"

学生："我爸爸和我妈妈根本就没有共同语言。"

6. 家长会上，老师向我介绍儿子的学习情况时说："这学期他抄过王红、抄过刘畅，也抄过张磊，你应该好好管管了。"

我问："他都超过班长王红了，我管什么呢？"

老师说："我说的是，他抄人家作业。"

7. 电脑迷老师正在抽查背诵。一个学生靠惯性往下背着，背到一小段，没惯性，便打住了，实在想不起来，只好问："老师，我从头背起行吗？"

只听见老师回答："行，我先存盘，你再重启吧！"

8. 一个女同事有一天开玩笑让我请客，我说："咱们这小地方没什么好吃的东西，我那张床倒是挺大，半边总空着，不如我请你睡一觉。"

9. 妹妹交了个男朋友。

昨天，我妈问妹妹："他为什么喜欢你呢？"

妹妹说："他觉得我漂亮温柔。"

妈妈又问："那你为什么喜欢他呢？"

妹妹说："我就喜欢他觉得我漂亮温柔。"

10. 著名的营养学家在一次国际饮食会议上演讲时，谈到人们不健康的饮食习惯，他说有一种食物是最危险的，根本不应该食用。人们食用那种食物时，会引起痛苦、悲伤和疾病。不幸的是，许多人仍然在食用。然后他问在场的人们："谁能告诉我，这种危险的食物是什么？"

一位男子站起来说："是结婚蛋糕！"

11. 女儿："妈妈，我不想结婚了，那个人是个无神论者，既不信上帝，也不信天堂和地狱。"

母亲："别担心，好孩子，只要一结婚，他就会马上知道世上有地狱存在。"

12. 领导带一行官员视察某养猪场，养猪场老板设宴款待，花了 5000 块。送走领导后，会计问场长："这个怎么报销啊？"场长答："和过去一样，记在猪饲料账上。"

13. 刚才跟我妈抱怨说我脚冷，穿雪地靴冷，穿棉拖鞋也冷。我妈斜眼看我一眼说："那你只能穿风火轮了。"

14. 妻子问："老公，你怎么不再和老王下棋了呢？"

丈夫说："你愿意和一个赢了就趾高气扬，输了就要骂人的人下棋吗？"

"噢，当然不愿意！"妻子觉得自己明白了。

丈夫说："他也不愿意同这样的人下。"

15. 夫妇上照相馆拍摄一张纪念照。摄影时，摄影师对女人说："你靠近一点，手搭在你先生的肩上，这样照起来就会自然一些。"男人苦笑着说："如果想拍一张更写实的照片，应该让她的手插进我的钱包里。"

16. 先生："咖啡怎么这么苦？"

太太："我给你放了两块糖怎么还苦？"

先生："是呀！"

太太："那估计是它们结婚了。"

17. 老婆："因为别人都不同情你，我才做了你的妻子。"

老公："你现在成功了！现在每个人都因此而同情我。"

精妙鬼故事，胆小勿看

1. 我一个人要乘出租车，司机问我："你们两个要去哪里？"

2. 一人从车祸的现场走开，迎面有人拦住他："嘿，你的一只手还在车上呢！"

3. 车开得飞快，一个老太婆趴在窗外看着我。

4. 开摩托车接女友下班，后半夜有点凉，女友温柔地张开双臂搂住我。忽然，她摸了我的脸一下，问："冷吗？"我刚想接口，低头忽然发现腰际的女友的双手一直没离开，啊！

5. 昨夜上网，朋友突然来敲我家窗户叫我出去玩！正准备开窗说不去，才突然想起自己搬家了，从一楼搬到十楼。

6. 午夜里，由噩梦中惊醒的我，看到哥哥坐在床边，轻轻地问我："怎么了？"我说："梦见一群抱着自己脑袋的鬼追我！""是不是这样的？"说着，哥哥把他的头摘了下来。

7. 办公室的高层电梯只停 15–30 楼，在 30 楼工作的小 F，一天加班到深夜后独自坐电梯下楼，电梯每层都停下开门，门外没人，最后，电梯停在了

14楼，门外一白衣女子说："好挤哟，我也要进来……"

8. A："哎，老兄，你是第一天来这里守墓吧？"

B："是啊，真不喜欢这个工作。"

A："这年头找工作不容易啊。"

B："唉，不谈这话题了。你说一晚上在这鬼地方还真是害怕，可人家偏要叫我晚上来守，白天还稍稍好点。"

A："要不以后晚上都让我来帮你守算了。"

B："怎么，你不害怕？"

A："怎么不害怕啊？只是白天我在坟里出不来。"

9. 夜深了，两个男子走在路上开始谈论起鬼来。其中一个说："有些人活着的时候就够吓人的了，死了之后还要吓人。听说天黑了以后这条街上会有个鬼出现，那个鬼长得丑死了，有好几个胆小的女孩子都被他吓晕过，并且他以吓人为乐。"

这时，突然从他们后面传出话来："是哪个家伙在说我的坏话？"

10. 在一个漆黑的夜晚，已是深夜3点多了，一位出租车司机开着车行驶在马路上，忽然，被一个女人挡了下来，这个女人面孔惨白惨白的，穿着一身白衣服。

出租车司机小心翼翼地问："姑娘，请问你要去哪儿？"

"殡仪馆。"那个女人说。

司机吓了一跳，心想这么晚了去殡仪馆干什么？但他还是把车开到了殡仪馆。

那个女人给了钱，下了车，司机想看看她去殡仪馆干什么，便回头一看，天啊，那女人不见了！

突然，一只手扒在玻璃上，是那个女人，她只讲了一句话："师傅啊，麻烦你以后停车别停在下水道口，好吗？”

11. 我有一个朋友，他有一个三岁左右的小儿子，有一日他发现，他儿子在窗口一边挥手一边说：“伯伯再见！”

朋友最初不以为然，以为儿子在跟街上路过的阿伯讲话，但是又觉得他儿子每次都是黄昏左右才这样讲，哇……但又看不到窗外有人……

朋友越想越害怕，于是就问儿子和谁说再见啊！

儿子回答：“跟伯伯！”

朋友又问：“外面没人啊，你跟哪个伯伯讲呀？”

儿子一边指着外面一边回答他说：“哪一个伯伯？太阳伯伯啊！”

12. 有个人看完这些，没笑，第二天就再也没醒！

超级二！小心笑到肚子抽筋

1. 朋友生了孩子，取名“何苗”。宝宝爸爸姓何，妈妈姓田……这……

2. 情人节，他为了恶作剧，给了街边那个有着一张俊脸，牵着一个萌系小美女的男人一巴掌：“你就是为了她跟我分手的吗?！”然后假装挥泪离去，心里窃喜。第二天，有人敲开了他的门，却是昨天那个男人。“你、你、你想干吗?”“我妹说让我来找我的幸福，我当然来找你了。”“啊……救命啊！”

3. 女儿：“爸爸，我们为什么要捡饮料瓶啊?”

爸爸：“饮料瓶埋在土里几百年都不化，我们捡饮料瓶是为了保护地球环境。”

女儿：“爸爸，我们为什么要捡废纸啊?”

爸爸：“纸张是用树木做成的，我们捡废纸是为了保护地球资源。”

女儿：“爸爸我饿了。”

爸爸：“好，等我把这些饮料瓶和废纸卖了，就有钱给你买包子了。”

4. 一个80多岁的老头坐在墙根哭泣。俺爹见了，火就来了，这儿女也太不孝顺了！于是问：“大爷，谁惹您生气了？跟侄子说，我替您出气去！”只见老头抹去眼角的泪水，抽泣着说：“我爸打我来着……”这时，一个更老的老头拄着拐杖出来：“再哭永远也别进家门！”

5. 这世界，反应慢的会被玩死，能力差的会被闲死，胆子小的会被吓死，酒量小的会被灌死，身体差的会被累死，讲话直的会被整死，能干活的会被用死。所以干任何事情不必太认真。不然，人在天堂，钱在银行。

6. 春节回老家时，看到一个老外在向一个农民伯伯问路。只见那个老外一边说着生硬的中文，一边用手比划，但那个农民伯伯却还是不明白。最后，那个农民伯伯说了一句让我至今难忘的话："Can you speak English?"

7. 昨天突然接到一个陌生电话。对方是个女生："先生您好，我们这里是××市××区××黄金地段，现在正热销黄金商铺，先生你需不需要购买商铺呢？"我毫不犹豫地说："好的，给我留10间。"对面欣喜若狂："好的好的，先生，我们这里什么样的都有，请问你还有什么疑问吗？"我依旧镇定自若："嗯，我有学生证，可以打折不？"对面突然沉默，然后，就没有然后了……

8. 结婚一年半了，今天心血来潮把结婚时候的婚纱拿出来试。因为心宽体胖，大家懂的，我已经胖了十多斤了。婚纱穿不上啊，拉链拉不上啊！老公各种努力帮我拉啊！腰那里就是上不来啊，我伤心欲绝。我老公突然来了一句："老婆，上边能合上耶！证明你胸没长……"我靠！

9. 女儿三岁时，我责备她不该重复别人的谎言，告诫她千万别说谎。她问为什么？我说："说谎的小孩会变成花，种在花盆里当装饰。"为了确定她明白我的苦心，我追问："你知道我的意思吗？"她冷静地回答："知道，这是个谎言。"

10. 终于上火车了，对面的大叔脱了鞋放在我们中间的空位上。味儿实在太重了点，我要窒息了。这时候，上来个妹子，我好心地让她坐下，妹子好感激。妹子刚想扑在桌上休息下，立马弹回来了有木有！

11. 当我把一张中了500万的彩票递给彩票中心工作人员时，大家立即投来羡慕的目光！我又拿出了第二张，还是500万，大家惊呆了！我又拿出第三张时，空气都停止了流动！当我正准备拿出第四张时，老婆把我踹醒了，不满地说："睡觉也不老实，把书撕得一片一片的，居然还笑得那么大声！"

12. 小学时，鼻子被黄蜂蜇了，眼睛都睁不开了。在一水果摊前被一大妈喊住，说："小朋友真漂亮。"我遂一拍胸脯豪气万丈地说："我这是被黄蜂蜇了，不然更好看。"大妈笑着说："小帅哥，帮我看下摊子，我上个厕所。"忽然感觉自己的虚荣心被利用了……

13. 有个人每周日晚总要坐在电视机前面，观看周末播出的《小溪风光》。这个片子的片头有一段美女脱衣戏水的情节，但当这位美如天仙的女子将要脱去内衣时，一列火车开过，把美女遮往了。他连续看了好几个星期，每次都如此，最后他怒不可遏地指着电视骂道："怎么这火车老是那么准时！"

14. 一位先生去考驾照。考试时，主考官问他："当你看到一只狗和一个人在车前时，你是轧狗还是轧人？"那位先生不假思索地回答："当然是轧狗了。"主考官摇摇头说："你下次再来考试吧。"那位先生很不服气："我不轧狗，难道轧人吗？"主考官大声训斥道："你应该刹车！笨蛋！"

15. 某屌丝在酒吧喝酒，突然来了一个很美艳的女孩，她依附到屌丝的身旁。屌丝问道："妹子啊，你这是做什么啊？"女孩答："做你们男生最想做的事啊。"屌丝大喜："哟，妹子，看不出来啊，你这么文静还会打DOTA？"

16. 中午和同学一起去餐厅。那家伙买了饭，我在一旁看着，我突然想去WC，就说："我去拉屉屉，你吃吧。"她点点头。事后总感觉不对劲……

17. 毕业后去了女友家的小县城上班，可她从不带我去她家见家人。终于，在我的强烈要求下，她答应带我去见她爸爸。家宴的时候，我只见另一桌上还坐着六七个浓妆艳抹的女人，有的还抽着烟，见了我，都是看一眼，然后轮流看着她爸摇摇头。我想这几个女人是谁？还有，我给人的印象这么差啊？

第二天才知道，她老爸是当地的老大，那几个女人是当地开有特殊服务的洗浴中心的。其中要是有一个点头表示见过我，我想我不知道会死得多难看！

18. 三种女人的区别：女神是你买多少礼物也不见得搭理你的女人；女朋友是你买个礼物她就开心的女人；老婆是见你花10块钱买个平安果骂你有病的女人，因为10块钱能买3斤苹果……

19. 据说，睡觉时忽然抖动，是神经系统发现你忽然陷入睡眠以为你死了而作出的反应。

20. 这是他第一次抢劫，略显紧张的他不断重复着："小姐，打劫。"突然，他看到路口站着一个女人，他鼓足勇气走上前："小姐……"话还没说完，女人扇了他一耳光："你妈才是小姐！"他吓得哆哆嗦嗦地说："对、对不起，打、打劫。"女人又扇了他一耳光："你妈才是大姐！"

21. 俺是移动公司话务员一枚，一日同事接到电话。

客户说："我手机上不了网了。"

同事："请问先生，您手机是什么牌子的？"

客户："好像是奥利奥牌的。"

同事（满脸黑线）："先生您可以打开后盖，扭一扭，舔一舔，泡一泡，然后换台机子就能上网了。"

然后这货华丽丽地被投诉了……

22. 老师问："下面的问题我点名叫人回答好不好？"

学生齐道："不好。"

于是，老师问女生："提问男生好不好？"

班上女生齐声答："好。"

老师又问男生："提问女生好不好？"

班上男生齐声答："好。"

老师："这不都同意了吗？！"

23. 节日短信可以这么发：作为有头有脸的人物，名气是大家给的，地位是兄弟拼的，要对大家负责任！××节快到了，我代表江湖上所有的兄弟姐妹，祝你节日快乐！你未来一周内收到的所有祝福短信都是我安排他们发给你的。我为人就两个字"低调"，你知道就行了，别声张，我最受不了别人跟我客气。

24. 家里有只吉娃娃，有一天，它在家里拉了一坨大便，正当我想教训它不该在家里拉大便的时候，吉娃娃默默地走到大便前面，把它吃了……

25. 记者赛后问林丹："刚才比赛，你在输掉第一盘的不利情况下连追两局。大家都被你拼搏的精神感动了。请问是什么让你对胜利如此渴求？""那是因为，早上我转发了一条微博：上面说只要我得了金牌，参与转发的人都能得一台 iPhone。"说完林丹攥紧了手里的诺基亚，憨厚地笑了。

26. 昨天是我和老婆的结婚纪念日，晚上下班后我去买了菜和酒准备露一手，而且路过一个保健品商店还买了点东西。到家之后，听见浴室有洗澡声，我以为是老婆在洗澡，所以我兴致勃勃，脱掉衣服就进去了，一开门就傻眼了，老婆的闺密手里拿着浴花，一身泡沫呆呆地看着我，随后一声尖叫。然后，就没有然后了……

27. 在树林里便便后发现没带手纸，给朋友打电话求救。

朋友："你找片树叶不就解决了？"

我："尼玛，这是松树林！"

不管你笑不笑，我是笑了

1. 某男去相亲，女方家长问男方："有车吗？有房吗？存款50万以上吧？是城市户口？打算以后自己当老板吗？"男方的母亲听完后怒了，反问道："子宫刮过几回啊？能生孩子吗？有出生证明吗？是后期人造美女吗？谈过几次恋爱啊？得过几次性病啊？"随后拽着儿子走了。

2. 明天要考微积分了，打个电话告诉父母我爱他们，谢谢多年的养育之恩。好好洗个澡，然后最后踢一局实况足球。把宿舍零食大吃一顿，吃不掉的分给舍友。衣服能捐的就捐了，向愧对的人说声对不起。睡前给每个朋友发一条短信道晚安，然后向暗恋的女生表白。关机后安静地躺在被窝里，告诉自己，我爱这个世界……

3. 正在上小学的外甥女回家很困惑地问我："我在学校做眼保健操，前面有两个同学，一个是示范的一个是监督的，示范的让我们跟着他做，监督的不让我们睁眼，我一看示范的同学就给我扣分，我到底应该怎么办？"我被难住了。

4. 一位妈妈带着五岁的儿子去银行取钱，一路上小屁孩喋喋不休。妈妈不想让她孩子没有教养的举止暴露在大庭广众之下，所以，在进入银行后，她突然对她的孩子大声道："脸朝墙壁，不准说话！"一下子，银行里所有的人都面向墙壁，不敢出声。训孩子要讲场合啊！

5. 同事被儿子的幼儿园老师通知到幼儿园去一趟。他问儿子：“你们老师为什么叫我去？”答：“因为我和小朋友打架了。”又问：“那你为什么要打架？”答：“人家小朋友先打我的！”“小朋友为什么要打你？”“因为我和他女朋友在一起玩。”“你为什么不和你自己的女朋友玩？”“因为我没有。”同事直接来了一句：“那你混得不行呀。”

6. 一妹子对着玩电脑的男友，手作勾引状挠他胳膊说：“陪人家玩玩，陪人家玩玩。”男友最后不胜其烦，道：“好，好，陪你玩！”然后顺手从桌子上拿起一个东西，抛出，嘴里还咻的一声，说：“乖，快去叼回来！”然后，被妹子一顿暴揍……

7. 十多年前，美国 Ticketmaster 在互联网上卖出第一张票，售后服务特别打电话给买主：“恭喜，你是互联网上第一位买票的人。请问你为什么决定在网上订票？”买主回答：“因为我不喜欢跟人说话。”然后他就把电话挂了。

8. 晚上，一女子步行回家，路遇歹徒，向其索钱，女子谎称“身无分文，此去向朋友借钱。”歹徒问：“借钱做啥？”女子又怕被劫色，于是回答：“身患性病，已入膏肓。”歹徒大吼：“快滚！”

9. 在加拿大求学，暂住一华人老夫妇家里，老太太对我很热情，每次交房租后都寒暄一番：“孩子，我可是拿你当亲儿子啊……”每每听得我热泪盈眶。话说一天老太太的哈巴狗跑了，就听老太太在后面边追边喊：“儿子别跑啊！儿子……”当时我就陷入沉思：咋这么耳熟呢？

10. 一位先生对王小姐说：“美丽的女人是不需要化妆的。”王小姐娇羞地说道：“谢谢。”没想到，这位天才先生又说道：“我想你还是化点妆好了！”

11. 装修房子，施工队太不负责，于是男友和他们吵起来，我过来劝架。男友说："正好你来了，快靠墙站直，看见了吗？这才叫平！你那墙上贴的砖也敢叫平？！"施工队无语……

12. 同事有个"酒懵子"老公，喝酒必多。还美其名曰：喝酒不多，喝它干吗！有一天，同事老公喝多后回家了，安安静静地刷牙洗脸，把脱下的衣服一件件叠好。同事还纳闷呢，难道今天没多？只见这厮啪的一声贴在了墙上，喊道："媳妇，给我盖被！"

55句经典语，这才是真正的幽默

1. 姑娘们啊！哪有那么多白马啊？找个驴凑合得了，别等到有一天驴都被抢没了，剩一堆骡子……

2. 不要迷恋哥，嫂子会揍你。

3. 下辈子要做筷子，就不孤单了！

4. 你的话，我连标点符号都不信。

5. 此处不留爷，自有留爷处。处处不留爷，爷回家做家务。

6. 铁公鸡还会留点铁锈呢，你根本就是个不锈钢公鸡！

7. 陪我一起数星星吧，你智商低，你就数月亮吧！

8. 我太佩服我自己了，有时候照镜子的时候都给自己磕头！

9. 最有魅力的人是“康师傅”，天天都有成千上万的人泡他。

10. 想你想得饭都吃不下，真是太恶心了！

11. 其实我以前个子挺高的，只不过后来经常洗澡缩水了而已。

12. 为什么我一直感觉不幸福，难道是当幸福来敲门的时候，我不在家?

13. 干掉熊猫，我就是国宝!

14. 别和我谈理想，戒了!

15. 跌倒了，爬起来再哭。

16. 低调，才是最牛B的炫耀!

17. 不吃饱哪有力气减肥啊?

18. 真不好意思，让您贱笑了。

19. 我能抵抗一切，除了诱惑……

20. 老子不但有车，还是自行的……

21. 点的是烟，抽的却是寂寞……

22. 不是你不笑，一笑粉就掉!

23. 人又不聪明，还学别人秃顶。

24. 绑不住我的心就不要说我花心!

25. 再牛 B 的肖邦，也弹不出老子的悲伤！

26. 活着的时候开心点，因为我们要死很久。

27. 请你以后不要在我面前说英文了，OK？

28. 我这人从不记仇，一般有仇当场我就报了。

29. 没什么事不要找我，有事更不要找我！

30. 我那么喜欢你，你喜欢我一下会死啊？

31. 我又不是人民币，怎么能让人人都喜欢我？

32. 男人的话就像老太太的牙齿，有多少是真的？！

33. 问：你喜欢我哪一点？答：我喜欢你离我远一点！

34. 执子之手，方知子丑，泪流满面，子不走我走。

35. 诸葛亮出山前，也没带过兵！凭啥要求我有工作经验？

36. 珍惜生活——上帝还让你活着，就肯定有他的安排。

37. 哥做了好事不留名，但是每一件事情都记到日记里面。

38. 师太，你是我心中的魔，贫僧离你越近，就离佛越远……

39. 初中的体育老师说：谁敢再穿裙子上我的课，就罚她倒立。

40. 自己选择 45° 仰视别人，就休怪他人 135° 俯视你。

41. 如果你看到面前的阴影，别怕，那是因为你的背后有阳光！

42. 我允许你走进我的世界，但绝不允许你在我的世界里走来走去。

43. 人永远不知道谁哪次不经意跟你说了再见之后就真的再也不见了。

44. 一分钟有多长？这要看你是蹲在厕所里面，还是等在厕所外面……

45. 爱，就大声说出来，因为你永远都不会知道，明天和意外，哪个会先来！

46. 你永远看不到我最寂寞的时候，因为在看不到你的时候就是我最寂寞的时候！

47. 听说女人如衣服，兄弟如手足，回想起来，我竟然七手八脚地裸奔了 20 多年！

48. 今天心情不好，我只有四句话想说，包括这句和前面的两句，我的话说完了！

49. 铁饭碗的真实含义不是在一个地方吃一辈子饭，而是一辈子到哪儿都有

饭吃。

50. 就算是一坨屎，也有遇见屎壳郎的那天。所以你大可不必为今天的自己有太多担忧。

51. 如果中了 1000 万，我就去买 30 套房子租给别人，每天都去收一次房租。充实！

52. “恋”是个很强悍的字。它的上半部取自“变态”的“变”，下半部取自“变态”的“态”。

53. 再过几十年，我们来相会，送到火葬场，全部烧成灰，你一堆，我一堆，谁也不认识谁，全部送到农村做化肥。

54. 我爸说过的最让我感动的一句话：“孩子，好好学习吧，爸以前玩麻将都玩 10 块的，现在为了供你念书，改玩 1 块的了。”

55. 同志们，别炒股，风险太大了，还是做豆腐最安全！做硬了是豆腐干，做稀了是豆腐脑，做薄了是豆腐皮，做没了是豆浆，放臭了是臭豆腐！稳赚不亏呀！

快还给我，那屁是我的！

1. 从前有个吝啬鬼，吝啬得连一个屁都舍不得放到外边。有一天，这个吝啬鬼过一座桥，走到一半屁就来了，没忍住，放了出来。这个吝啬鬼扑通跳下河开始寻找。这时，同村的李三路过，问："你在找什么呢？"吝啬鬼没好气地说："找金子呢。"李三也跳下河找了很久，吝啬鬼问："你找到什么了吗？"李三气愤地说："我找到了个屁。"这时吝啬鬼说："快还给我，那屁是我的！不然我到法院告你去！"

2. "阿姨，我是您儿子的男朋友。"

"阿姨，您好，您儿子在家吗？我是您儿子的男朋友。"

"阿姨，您别打我啊。"

"阿、阿姨，不要关门啊，阿姨开门啊，我是您儿子的男朋友啊！"

3. 老婆怀的是双胞胎，肚子很大。一次我们在外吃饭，一个小男孩肚子也很大，他一直看我们。过了一会儿，他终于忍不住跑了过来，指着老婆的肚子，再看看自己的肚子，担心地说："阿姨，你别再吃了！"

4. 骑电动车载着媳妇，路口等绿灯的时候，她双脚挨地，从后座站起来了，我没注意，绿灯一闪我蹭一下跑了，一里地之后才发现后面好轻啊，一看，我媳妇呢？！心想这下惨了，赶紧回去，找到媳妇，她一脸正经地说："哎呀，你看看你，还是我来开吧。"我长舒一口气，再然后……如果你看到个追

着电动车一边跑一边喊“亲爱的，我错了”的SB，那就是我……

5. 宝马里是她前男友。前男友降下车窗问她：“你不后悔吗？”她说：“不后悔，你的宝马是你爸给你的，10年之后我俩也会有宝马的。”10年后，她的自行车换成了电动车。他的宝马换成了兰博基尼。

6. 有个好朋友是个女生，从小个子就矮，父母很是着急。上初三那年，家里听说在大年三十晚12点找棵粗壮的大树抱住并大声说“大树大树，你是我爹，我往高长，你往粗憋”就能长高。当天她们全家都很是激动，一起下楼找到棵最粗的树，这位大姐激动地抱大树时撞到了头，她大喊道：“大树大树，我是你爹，你往高长，我往粗憋……”现在大学毕业了，她还是当时的身高，体重就……

7. 一女同学在移动公司上班，内部员工有指标，一个月要发几千条短信什么的，内容随便，反正量要达到。有一天，那女同学给我发一条短信问：“想玩一个只能收我的短信，不能收别人短信的游戏吗？”

我回：“怎么玩？试试看。”

然后，她就往我手机里一口气发了几百条短信，手机收短信收到没电，一直震动就没停下来过！

8. 我和女友谈恋爱谈了三年，一直都想结婚时可以去旅游。于是，我们想到上《非诚勿扰》，牵手拿旅游大奖。于是，假装分手，分别报名。后来，女友比我早一期上了节目。再后来，女友和别人牵手，拿到大奖旅游去了。

9. 今天打赌输给女友，帮她倒水泡脚。她说加点盐，我就加了些进去。一琢磨，又加了些冰糖、醋、枸杞到盆里。女友问：“你这是和中医学的？”我说：“不是，和我妈学的。”女友：“你妈常常泡脚？”我答：“我妈常常煮

猪蹄。"

10. 本人出租车司机，面相凶悍，身材魁梧。上个月，晚上收了车，我想教教正在学车的老婆，就把车开到一个僻静的路段，然后手把手教，不料，刚教一小会儿，三辆警车呼啸而至，好几个警察跳下来把出租车包围了……后来才知道，路人报警说有女出租车司机被劫持，夜色中，僻静路段，一辆出租车晃来晃去，一个凶神恶煞的彪形大汉不停地抢方向盘，该有的要素都有了啊！

11. 有个女孩眼睛近视，过去她一直戴眼镜，可自从有了男友，她就再也不戴眼镜了。她母亲很奇怪，就问她为什么不戴眼镜。她说："妈妈，他觉得我不戴眼镜更漂亮，重要的是，我不戴眼镜也觉得他更好看些。"

12. 一个暴发户到城里住宾馆。刚刚办完入住手续，服务员把他带到一个屋子里，一进门，他就大吼："你们把我当傻子吗？你们这里最贵的单间就是这样？里面没有柜子连床都没有？"服务员说："先生请进，这是电梯！"

13. 去抽奖，一等奖是拖拉机，还可得现金10万元。本人的奖票拿到手，慢慢地刮开，一个"拖"字出现了，我的呼吸明显加快，心跳也不大规律，我闭上眼睛，便不敢再往下刮。身边的朋友说："刮开，我们去领大奖！"我闭着眼睛，一下刮了下来，出现的竟然是"拖鞋"。

14. 老师："你这篇论文是抄袭的吧？"

学生："下次不敢了，您就饶了我这次吧。"

老师："这篇论文是我六年前写的。"

学生："啊？！对不起，老师，我事先并不……"

老师："不过，我还是决定给你优秀。"

学生："谢谢老师，可这是为什么？"

老师："当时我的导师只给了我及格，可我一直认为，我的这篇论文应该得优秀。"

15. 省城税务局王局长经过一夜的冥思苦想，终于又找到一个发财之道。第二天，他在上班途中遇见一个流浪老人，于是停车将老人接回家中。两天后，王局长为老父亲过八十大寿的请柬就到了关系单位的办公桌上以及同事的手上。据说那次光收礼金就有不少呢！这就叫坑爹吧？

16. 拳击比赛中，一个人的牙齿被打飞了，看的人心都提着，只有一人眉开眼笑，手舞足蹈。有人问："你是拳击教练吗？""不，我是牙科医生。"

17. 老板："这星期六你能来加班吗？"

我："行啊，没问题，不过你也知道周末公交这么差，估计得晚到一点。"

老板："嗯，那什么时候能来？"

我："周一。"

18. 老师："为什么泰戈尔的名字后面写着 1861–1941？"

学生："那是泰戈尔的手机号码。"

老师："那中间的线呢？"

学生："他不想透露全部个人信息！"

19. 买手机，正在和柜台的 MM 砍价时，旁边有个促销的 MM 问我："要不要约会啊！"我扭头看了看，长得还不错，可是小姐你也太直接了吧，我只好先拒绝："不好意思，30 岁之前我是不谈女朋友的，养不起……"结果促销 MM 红着脸说："先生，你要不要优惠啊，我们有活动哦……"

20. 苹果说：我像人的心；

芒果说：我像人的胃；

葡萄说：我像人的眼睛；

香蕉说：尼玛，我讨厌这个游戏。

21. 学生："到 ×× 的卧铺还有吗？"

售票员："没有了。"

学生："硬座呢？"

售票员："也没有了。"

学生："站票还有吗？"

售票员："有，但不售学生票。"

学生倒地气绝。

22. 小李花了2000元买了件西服，在同事面前好一阵炫耀，甚是得意。这天，小李碰到正在公园遛狗的小张，又开始显摆他的宝贝西服。小张有点看不惯，假意要小李脱下来看看，小李爽快答应了，脱下交给小张，小张直接把西服盖到旁边的宠物狗身上，小狗根本没料到，吓得惊叫着跑开，小张鄙夷地说："别得意了，看到了吧？这衣服连狗都不穿。"小李愕然。

23. 巴德尔看完病，医生递给他一张开好的处方："请把这个处方收好。每天早上服一次，连服三天。"巴德尔回到家里，把处方仔细地裁为三张，每天早上都按时吃一张。

24. 在我英雄年少时，有一个女生，她愿意为我失去生命。她意志坚定地说："你再缠着我，我就去死。"

在我负笈外地时，有一个女生，她愿意等我到下辈子。她温柔婉约地说：

“你想成为我男朋友，等下辈子吧。”

在我穷困潦倒时，有一个女生，她愿意与我共赴黄泉。她眼眶泛红地说：“你再不还我钱，我就与你同归于尽。”

唉！世间女子何其痴情，却依然无法使我驻足停留。至今依然身影孤单，想来不胜唏嘘。

25. 一个大学生被敌人抓了，敌人把他绑在了电线杆上，然后问他：“说，你是哪里的？不说就电死你！”大学生回了敌人一句话，结果被电死了……他说：“我是电大的！”

26. 首长：“同志们好！”士兵：“首长好！”首长：“同志们都晒黑了！”士兵：“首长更黑！”首长拍一士兵的胸部说：“这肌肉练得多好！”士兵：“报告首长，我是女兵！”

27. 希望有一天可以开一家咖啡馆，躲在僻静的巷子里，店里摆满自己喜欢的书，老沙发上睡着几只慵懒的猫，我煮咖啡，你做蛋糕，就这样平平淡淡地过日子——有这样想法的人，基本可判断为穷屌丝。

28. 丈夫和妻子吵了一架之后，妻子打电话给她妈妈：“他又和我吵架了，我要过去和你一起住。”妈妈回答道：“不，他必须为他的过错付出代价。我过去和你一起住。”

猪肉为何涨价?

唐僧师徒到了西天，见到如来。如来问:“西天路上枯燥乏味，你们是怎么度过的?”悟空回道:“打怪升级!”于是，如来按他们打怪多少给予封号，唐僧为功德佛，悟空为斗战胜佛，八戒为净坛使者。悟空不解:“师父一路上都没有打妖怪，为什么是功德佛?”唐僧自信地回过头告诉悟空:“悟空，其实为师一直有开外挂!”

次日，师徒聚餐，不见八戒，唐僧问:“八戒在哪儿?”沙僧回道:“二师兄在白龙马槽里趴着呢，他对如来封号不满!”唐僧问道:“何以见得?”悟空说:“看他姿势，就知道了，‘卧槽’啊!”

如来听说了，就又给了八戒一些钱，八戒回了高老庄，娶了翠兰，开了间网吧。每天上网玩《大话西游》，由于电脑辐射严重，八戒迟迟没有孩子。到很久很久以后，猪肉便涨价了!

看完这些我就泪奔了

1. 有个人爱说好话，从不得罪人。一天，他的朋友批评他：“你就是个老好人，就是万恶的魔鬼你也会说他的好话。”

此人道：“虽然他没有我想象中的好，不过他可是个很勤快的人啊。”

2. 老师教育一个屡犯错误的学生：“犯一次错误就应该吸取一次教训，你为什么屡教不改呢？”

此学生谦虚地答道：“我觉得我吸取的教训还不够。”

3. 我成绩很差，挂了好多科，毕业时，老师问我：“有啥感想吗？”

我说：“没上大学之前，感觉不上很遗憾；上了大学之后，感觉上了很遗憾。”

4. 某人就他个人发展方向征求他朋友的意见。

他：“你说我将来是做个诗人呢，还是做个画家？”

朋友：“做诗人吧，现在的诗写起来很简单。”

他：“为什么不赞成我做画家呢？”

朋友：“因为我看过你的画。”

5. 女友突然打电话给我：“亲爱的，我怀孕了！”我各种兴奋，之后听她接着说：“对不起，孩子不是你的……”我愣了下，开始怒骂，她接着说：“是咱俩的……”然后她挂断电话，我现在在屋外跪求原谅中……

6. 语文课，考诗词填空。

上句是：忧劳可以兴国。

偶一同学暴强，对曰：闭目可以养神。

7. 想起我爸以前真是牛，上班前把电脑的电源线藏起来。我找了一天，找了各种地方都没找到。下班后，他告诉我，他把电源线藏在了我的书包里。

8. “妈，你去买瓶酱油，怎么到现在才回来？”

“没办法，街上学雷锋的人太多！就门口那个红绿灯路口，我被扶着过了好几个来回，刚过来，又被送回对面！”

“那您是怎么回来的？”

“我实在走不动了，不小心摔倒在地。结果排队等扶我的人一下全散了，我这才一路狂奔回来。”

9. 前几天刚刚买了一部iPhone4s。和小侄女坐出租车，侄女非要玩我手机，下车后，侄女骄傲地对我说：“你猜我把你手机藏哪儿了？”我笑着问：“藏哪儿了？”侄女回答：“藏车上了。”我的眼泪啊……

10. 闺密要跟她老公离婚，原因是昨天不小心在她老公洗澡的时候进浴室才知道，这两年来，她洗脸的脸盆一直被她老公用来洗 pp，她老公还有痔疮。我承认我没忍住狂笑不止……

11. 今天室友过来跟我比谁更屌丝。我先陈述观点：我出门人字拖沙滩裤，床头有卫生纸香蕉皮。电脑里快播百度影音，半夜时刀塔手机网游。半月不刷牙，刷牙顺便换下内裤……轮到他陈述了，这孩子来了句“你赢了”，然后

高兴地走了……

12. 话说某男生有个小姨，只比他大几岁。有次他和他小姨手挽手上街，那个亲热啊！结果被路过的老师发现了，回去跟他妈告状说："看见你家孩子早恋了。"他妈质问他："你那天怎么回事？"他默默地想了想说："问你妹去。"

13. 小时候，暑假在家属院里总会看到很多开着拖拉机的瓜农来卖西瓜。一天夜里，和同学打游戏机到很晚，回来的时候突发奇想就想偷个西瓜吃。于是乎，我们就打算下手了，同学负责去抱西瓜，我负责把风。结果听到一句话直接笑喷："瓜在车上，你别抱着我脑袋拽。"

14. 考试题目是：良药苦口利于病。一同学答曰：吸烟喝酒伤身体。

15. 一次偶然经过自习室，看到一对男女，男生对女生说："可以做我女朋友吗？"女生低下头，偷瞄了一眼前座的另一个四眼男生说："对不起，我已经有心上人了。"我心想他可不能像我当年一样错过大好机会，于是一个箭步冲了上去，温柔地扳过前座四眼男生的头，深深地吻了下去……加油吧，学弟，学长只能帮你到这儿了！

16. 今日乘坐重庆到上海的飞机，两个半小时的飞行时间，飞了两个小时的时候，播音员 MM 的一句话让全机人吓出一身冷汗："各位乘客请注意，本次航班即将坠落在上海浦东国际机场，请系好安全带，不要随意走动。"后来，她可能也发现不对，纠正了一下，是"降落"！

17. 一天，一个感冒患者和一个癌症患者一同看医生，检查报告却拿错了。两年后，那个感冒患者离开了人世，那个癌症患者却安然无恙。

18. 今天是我人生中第一次住院，我什么都不知道。一进病房，已经有几个病人了，刚躺上床，就有小护士拿了几支温度计来让我们量体温，我把体温计含在嘴里玩起手机来，顺势看了一眼旁边床的几个人，只见他们齐刷刷地脱下裤子，慢慢地把体温计塞进菊花，我的心里突然涌起淡淡的忧伤。

19. 儿子问："什么是肾结石？"爸爸说："就是尿尿的时候有石头出来。"儿子很忧虑地说："爸爸，你尿尿时小心别砸着脚！"

20. 宿舍有一自命不凡的帅哥，女友如云，他的口号：没有追不到的女孩。当场我生气了，打赌 50 块，让丫去追我们的班长。他就是牛，当场答应了。第二天他回来，说："靠，你们班长是男的。"第三天我输了 50 块钱。

21. 流浪汉倒在雪堆里，一天没吃饭的他已经站不起来，他艰难地抬着头，看着越来越近的身影，他知道，在如此深夜，这个人将是他最后的希望。"先生，行行好吧，三天没吃饭了，我可不想饿死啊。"路人看着他，站在那儿想了想，然后扒光了他的衣服转身离去。第二天，流浪汉冻死了。

22. 在一个春风荡漾的晚上，一位姑娘敲开了我家的门。我问她是谁，她摇头不语，却开始宽衣解带……之后，每周三她都会准时前来，却一句话都没说过。一个月之后，女孩终于开口了："李导演，可以给我角色了吗？"我指着地板说："李导演家在楼下啊，亲！"

23. 一对情侣好不容易挤下了公交车。女友发牢骚："以后在公交车上别乱来了。"男友很疑惑地问："啥？"女友害羞地说："手都伸到我衣服里了。"男友很震惊："谁？"女友大惊："不是你吗？"男友回头看着远去的公交车，大喊道："我靠！"

24. 一男星被爆与一女暧昧，微博评论："怎么会看上她？""假的！炒作！想出名！""我再也不相信爱情了！"一男星被爆与另一男暧昧，微博评论："在一起！在一起！""这一定是真爱！""我又相信爱情了！"

25. 飞机上，我跟一对父女坐一排。不知道发生了什么不愉快，女儿嘟囔道："都说闺女是爸上辈子的情人，我就奇了怪了，我上辈子怎么看上你了？！"

26. 伯牙鼓琴，琴声闳远。钟子期闻之曰："巍巍兮若泰山！"

伯牙又弹，琴声绵长不断，钟子期闻之曰："洋洋兮若江河！"

伯牙忽举琴猛摔于地，木裂弦绝，又抬足践踏，咯吱声不绝于耳。

钟子期闻之曰："躁躁兮若周一。"

二人遂为知音。

27. 前几天朋友去参加一个饭局，有一个小青年谈到他新买的车，很开心，对自己的车牌也很得意，说是"1314"，预示他跟老婆一生一世！一不长心眼的随口就来了一句："一伤一死……"车主当时脸就黑了！

28. 一次，回家路上，我经历了无数的诱惑！一群发廊洗头妹向我招手，我视若无睹；一群足疗保健妹向我抛眉眼，我无动于衷；一个丐帮弟子向我求助，我横眉冷对！我对着这个灯红酒绿的世界深深地叹了口气："我TMD兜里有钱多好啊！"

29. 妻在外面玩到很晚，往家里打电话，夫没好气地说："您好！这里是离就离服务热线。认错请按1；离婚请按2；想打人工服务台为您转接110。"妻气得挂了电话。深夜，夫回家发现门被反锁了，打妻的手机，妻用假嗓说：

“您好！这里是谁怕谁服务热线，想回家请用膝盖跪搓衣板；想离婚请用膝盖跪钉板；若您有不适，本服务台为您转接 120。”

关云长同志，请登机

1. 今天，去银行排队，前面一妇女抱着孩子，孩子调皮，玩着玩着把鞋玩掉了，我弯腰准备去帮忙捡，不料孩儿他娘说了一句："你再把鞋掉了，傻子会捡走的！"你说我弯下的腰该怎么办，后边一长溜儿的爆笑眼神！

2. A:"告诉你一个玩石头剪刀布的秘诀。"

B:"这还有秘诀？"

A:"嗯，经过多年研究，我发现出剪刀几乎必胜！"

B:"为什么呢？"

A:"我研究了几千张照片，发现出剪刀的笑得都很开心！"

3. 某人带了尊关公像出门，为表恭敬，专门购一张机票将其放在座位上，安排妥贴后看起了杂志。忽然发现时间到了，飞机却迟迟不见起飞，一会儿，机场喇叭呼唤道："关云长同志请登机，飞机即将起飞！"

4. 一个小伙子天天都去接近一个他心爱的姑娘，但却没有勇气向她表白爱意。一天晚上，他们俩又在花园里相会。姑娘想了一个法子，便说："我听人说，男子双手臂的长度恰好等于女子的腰围，你信吗？我们试一下吧！"

小伙子："你等一下，我马上去找绳子。"

5. 学校禁止谈恋爱，但是我们班有两个同学仍然偷偷摸摸地谈。班主任发现之后，叫来双方家长，想让家长说说自己的孩子。双方家长聊了聊，发现对方家庭情况都还不错，就订婚了……

6. 几星期前，我与死党在互损。各种损之后，死党词穷，我乘胜追击，死党气结："你你你……我要杀了你！"我大脑死机三秒，爆出一句："你又不是杀猪的……"气氛当场凝结，几秒后，死党笑抽了过去。

7. 教授陪老婆逛商场，老婆让他在男士休息区等她。他坐了一会儿，觉得无聊，找到一个也在等老婆的人下棋。他拿来一盒象棋正准备摆棋，想了想又换成围棋，并对那人说："我老婆逛商场的时间很长，应该有时间下完一盘围棋。我没见过有谁比她还能逛。"

那人听了慢悠悠地说："咱俩三局两胜吧。"

8. 话说那年姐姐带前男友（以下简称A）回家。爷爷岁数大，听力不太好。

爷爷："A，你爷爷多大岁数了？"

A："我爷爷他去世了。"

爷爷："哦。74了，那你奶奶呢？"

A："我奶奶也去世了。"

爷爷："哦。他俩还同岁啊。"

我们家其他孩子们狂笑，A憋得满脸通红，爷爷一脸茫然。

9. 中学时，有一同学在家抽烟，突然他爸爸回来了，他一口烟在嘴里，不敢出气，假装若无其事，吹起口哨，一阵烟雾袅袅升起……

10. 小时候，这些无聊事你做过几件？

①用镜面反射太阳光，在教室照来照去；

②在硬币上面铺张纸，然后用铅笔在上涂，描个形出来；

③把小纸条贴在同学的背后；

④踩别人的影子；

⑤在街上见到狗就扮猫叫，见到猫就学狗叫；

⑥玩家电包装里的那张有很多泡泡的塑料膜，把泡泡一个个按破。

11. 男人就像蓝牙，你在他身边，他就处于连接状态。但你一走开，他就搜寻其他外围设备了；女人就像 Wi-Fi，她们可以看见所有可连接的设备，但会选择最好的一个。

12. 啥叫名牌？成本价后面加一个 0 的，就叫名牌。成本价后面加两个 0 的，就叫奢侈品。

成本价后面随便想加几个 0 就加几个 0 的，就叫文物！

13. 上课，老师要我们说出自己喜欢的座右铭，俺的一位同学毫不犹豫地说了出来：“杀人不过头点地，要死也是 J 朝天！”

14. 楼主：“我姓你，名爹，你呢？”强人回复：“楼主欠考虑，哪天我去看你，见你就喊‘你爹我来了’。”

15. 话说唐僧四人西天取经回来之后，个个都还俗娶了老婆。今天悟空来找唐僧，说：“师父，我麻烦你个事！”

唐僧：“呵呵，悟空，咱师徒俩谁跟谁啊，说得那么客气！”

悟空：“师父，你看以前我们几个这么顽皮都被你管教得服服帖帖的！现在我的儿子比我还要调皮，你能不能帮我管管他啊！”

唐僧：“呵呵，悟空你算是找对人了！天下应该还没有为师教不好的人！这样吧，看在咱师徒一场的情分上，为师就一口价 350 元教好你那龟儿子！”

悟空：“不是吧，师父就凭咱俩的关系，你还收钱啊！便宜点好不好！

俗话说得好‘万水千山总是情，少给一百行不行’？”

唐僧：“我说悟空啊，人家也有一句俗语是这样说的‘世间哪有真情在，多赚一块是一块’！不过，看在我们曾经一起出生入死的分上，我就少收你一百吧！”

悟空：“呵呵，师父我还以为你是得道高僧，不会像普通人一样把钱看得那么重，没想到也和普通人一样有铜臭，呵呵！我这里刚好有250元，你点点！”

霸气侧漏的糗事雷事

1. 两只苍蝇婚后为去哪里蜜月旅行而争执。最后，公苍蝇拿来世界地图，决定环球旅行 80 天，母苍蝇点头附道："神州行，我看行！"

2. 有一年夏天的时候，好友和我打篮球，他觉得热了，就把上衣一脱，我看到他后背上有凉席印，又玩了一会儿，他女朋友来了，给我俩买了瓶水，她给我水时我忽然看见她腿上有些和我哥们儿一样的凉席印。我瞬间似乎明白了点什么！

3. 本人特别能睡，属于那种经常听不到闹铃的。大学有一天早课时间，教务处查寝，抓旷课的，我们一个宿舍四个人都在睡觉，教务处老师砸了半天门，室友们都醒了，面面相觑，大气都不敢喘一声。当砸门砸了快一分钟的时候，教务处老师确信里头没人，刚准备走，这时我神奇地醒了，大吼一声："谁啊？"

4. 刚看一新闻，某高官包养双胞胎姐妹，一网友神回复：花双份钱看一个面孔不划算，要是我果断包养龙凤胎……

5. 老婆问我："假如我死了，你会过多久，才重新开始谈新朋友呢？"我说："不管多久，假如有女孩子想要和我搭讪的话，我都会回答说'真的对不起，我还沉浸在失去亡妻的悲痛中'的。""咦，真的吗？好感动啊！""当然啦……你能想象到会有多少妹子被我感动吗？！”

6. “亲爱的，据说世界末日来时要黑暗三天，专家都辟谣了，看来是真的，我们要不要买点蜡烛？”“早都买好了，两箱呢，还买了皮鞭……”

7. 夏日，记者采访市民。问一黑人：“你能说说是广州热还是非洲热吗？”黑人回答：“我再强调一遍，我不是非洲的，我是在广州晒黑的！”

8. 路虎和宝马是一对好朋友，这天在路上偶遇，看到行动艰难、尾气异常的宝马，路虎关心道：“你怎么了？”

宝马痛苦地回答：“我脱肛（缸）了。”

9. 铅笔家族内部闹矛盾，钢笔闻讯前去调解，它问资深的HB铅笔是怎么回事，HB铅笔愤愤不平道：“每次上考场，凭什么没俺和H铅笔的事，偏偏让2B铅笔抢大家的饭碗，这太不公平了。”

钢笔说：“没办法，现在流行2B。”

10. 我摁亮台灯，只见它一明一灭，灯泡发出呲呲声响。

“喂，你怎么啦？”

台灯叹口气：“主人，还记得昨晚你带回来的朋友吗？就那个染黄毛、穿鼻环、文身、抽烟还满嘴脏话的。”

“噢，他好像碰过你！”

“是啊，接触不良的我就是这样子。”

老板，给我来一碗泪流满面

“小二，来杯寂寞！”

“对不起！客官，本店只剩下空虚了……”

“那来杯开心。”

“不好意思，客官，卖完了，要不再给您来一杯您经常喝的孤独？”

“不用了，我都喝五年那玩意儿了，今天想换个口味，那快乐也没有吗？”

“有，不过是水货。”

“那，真心有吗？”

“昨天有个买虚情假意的，买一送一搭给他了，您也知道，这年头真心不值钱了，没办法只能当赠品了，唉……”

“算了，那来份真爱！”

“客官，您别为难我了，您也知道，市面上没这东西了，已经缺货好多年了，不过听说，黑市上出现过这玩意儿，价格很高……”

“唉，好多年没喝过那玩意儿了，都忘了什么味道了……”

“客官，我劝您还是别喝那玩意儿，那玩意儿味道不错，但容易给人留下后遗症。”

“你怎么知道？你喝过？”

“我宁愿喝三鹿也不愿意喝那玩意儿，我只是听别的客官说的。客官，不行您就来杯无情，最近这个卖得不错，很多客官都喜欢喝这个。”

“呵呵！是吗？前一阵子他们不是爱喝狼心狗肺吗？怎么，又换口味了？”

“最近市面流行这个……”

“哦！算了，我不好那口。情人有吗？”

“有。”

“来一个，给我多加点诺言。”

“现在诺言都是假的。”

“那知己怎么卖？”

“这个可贵了，一缘一份。”

“来一份，哦！对了，再来份爱情，打包我带回家喂猪……”

淘宝上的爆笑差评

1. 夏天时尚提包

差评：卖家服务不好，虽然我知道你很忙，但每次也不必和我说话如此简单吧，不是“嗯”，就是“好”，一个字一个字的，太不尊重人了，所以给个差评。

掌柜的解释：呸。

2. 中药美颜纤体粥

差评：完全没有效果！！

掌柜的解释：完全没说实话！！

3. 草本减肥配方

差评：实际服用的情况与网上的描述根本不一样，也没有说明书上的效果，服用后心慌、厌食、睡不着，一点作用没有！

掌柜的解释：撒谎，至少副作用和描述完全吻合！

4. 韩国时尚最新款式性感 MM 上衣

差评：不错，我喜欢！

掌柜的解释：那差评的原因难道是你老公不喜欢吗？

5. 水晶球

差评：球球挺好，照片上的底座为啥不给我？

掌柜的解释：冤枉！那是我老公的烟灰缸。

6.　野生榛子

差评：榛子壳很硬，吃完这一斤，我的牙都快掉了，为了增加重量多收邮费，还往箱里塞了一块破铁。

掌柜的解释：你细看那块铁，中间是否有个螺丝，再往下看，是不中间有条缝，沿着这个缝用力分开，这块破铁就是给你夹榛子壳用的特制钳子！

7.　差评：好评点了怎么没反应，中评也没反应，咦，差评可以用。

掌柜的解释：……

雷人、恶搞、不着调专场

1. 一MM去洗澡，身边的人问："你多大了？十几？"

MM心里窃喜，说："我都27岁了。"

那人大惊："不像！看你这胸可不像27岁的人啊！"

2. 四级考试，我监考，在讲台上坐着，看到下面一名男生鬼鬼祟祟，一只手在上面写，一只手在下面动，嘴里还念念有词。我心想这肯定是在作弊，于是走过去一看，TMD这哥们儿手里赫然拿着一串佛珠……

3. 两个山里的小兄弟第一次到城里，弟弟看见商店里的袜子，不知道是什么东西，就问哥哥："那是什么东西啊？"

哥哥说："真笨！那是镰刀套子！"

4. 晚上和老婆回家吃饭，看见路边一堆人围在一起，直觉告诉我发生车祸了，于是我果断拨打120，希望能帮到伤者。吃完饭了，去散步，路过事发地点，还看见一堆人和急救医生围在那儿，我觉得奇怪了，还没送医院啊？我就挤进去，一看，哎呀妈呀，一头猪躺地上直哼哼，120的大夫就在旁边骂："谁TMD这么损啊？猪从车上掉下来也报120！"

5. 男人带女友逛商场，女友看中了一支口红，男人嫌贵，就说："你不涂口红更好看，这叫自然美。"女友大为不满，说："幸好我没让你买衣服，不

然你一定会说我不穿衣服更好看，那叫人体美。”

6. 男友不敢当面向他的女友求婚，只得在电话上作远程试探。

“亲爱的，今天我彩票中了500万，你能嫁给我吗？”

“当然了，你谁呀？”

7. 女友穿了一款紧身胸衣，在我面前走来走去。

我知道她想让我夸她，可我故意不理她。

终于她忍不住了，问：“好看吗？”

我说：“好看。”

“喜欢吗？”

“不喜欢。”

“什么？”女友柳眉倒竖。

“脱起来太麻烦。”

8. 在动物园的水池边，一个小伙子挽着姑娘的手，说：“让我们像对鸳鸯一样，永远生活在一起好吗？”姑娘不无遗憾地答道：“好是好，可我还没学会游泳呢！”

9. 两男生同时向一女生表白，女生淡定道：“你们周游世界后再回来跟我说。”

一男生立马收拾包裹准备出发。另一男生绕女生转了一圈，说出历史性的一句：“你就是我的世界。”

10. 一位漂亮MM上了公交车，掏出卡来刷，只听刷卡机语音提示：滴，老人卡！全车人冻住，皆望向她。

她一脸黑线说：“看什么，天山童姥，没见过啊？”

一大爷起身，说："来，大娘，您坐这儿！"

11. 儿子午睡起床，老婆喂水，儿子不肯喝，拉扯了半天还是不喝，老婆怒了："你又不是三岁小孩，装什么啊，不喝拉倒。"然后就撇下我们父子俩走了。我无辜地看着儿子，儿子一脸无邪地望着我，宝贝啊，你妈没说错，你不是三岁小孩，你才一岁半……

12. 妻子梨花带雨地说："隔壁那个女人今天穿的那套衣服和我的一模一样。"

丈夫体贴地说："你想再做一套是吗？"

妻子破涕为笑，撒着娇说："总比搬一次家便宜吧！"

13. 成人进修班的作文题目是描写一个浪漫意境。同学们读出作文时，我听到的都是些陈词滥调，例如炉火熊熊、烛光摇曳或音乐轻柔等等。

只有一个女同学别出心裁，她写的是："屋里很清静，孩子们都不在家。"

14. 甲乙两富豪在公园散步，突然发现路上有一坨狗屎。甲对乙说："你把狗屎吃了，我就给你1000万。"成交。接着他俩又发现一坨，乙对甲说："你要是敢吃了，我也给你1000万。"甲正心疼那1000万，当下吃了个干干净净。甲乙相拥大哭："咱俩一分钱没有挣到，一人却吃了一坨屎……"

15. 三八节，早上起床，女儿跑过来说："爸爸，节日快乐！"我大惊："你个小丫头片子，搞什么鬼？"女儿淡定地说："今天不是咱俩过节吗？父女节呀！"

16. "你存在我婶婶的脑海里……"叔叔不会生气吗？"对你婶婶崇拜婶婶迷恋婶婶地沉醉……"有考虑过叔叔的感受吗？"你舅是我的天使，保护着我的天使……"你舅妈不会吃醋吗？不会，因为"我舅像一颗洋葱，永远是配角戏……"

17. 热闹不过人看人，着急不过人等人，难受不过人想人，温暖不过人帮人，感动不过人疼人，残酷不过人害人，阴险不过人算人，郁闷不过人气人，耻辱不过人戏人，为难不过人求人，生气不过人比人，成功不过人上人，发财不过人骗人，舒服不过人玩人。人生就是人与人。

18. 英语考试完发试卷，有个同学背运，就对了一个选择题，得了 3 分。英语老师在上面咆哮："你告诉我 3 分能干什么？"该同学弱弱地回答："抢地主……"

19. 中午点餐。

我："师傅，一份西红柿炒番茄盖浇面。"

点单师傅冲厨房喊："一份西红柿炒番茄盖浇面。"

厨师伸出头问："西红柿炒番茄盖浇面的，你要不要鸡蛋？"

我："……"

20. 尼玛！是谁告诉老子马桶堵了可能是冻住了啊？谁又告诉老子用开水浇就能冲开的啊？ 坑爹啊！老子烧了一大壶开水全倒下去了，不但没起作用，便便被开水泡过之后味道更重了！超级臭！！整个屋子都是浓郁的便便味道，我家猫都离家出走了啊！

21. 刚进公司没多久的时候，第一次打电话给老总，我特紧张，老总姓陈，我姓张，我在心里演习了好几遍"喂，陈总，我是小张。"可拨通后，我直接说了一句："喂，小陈，我是张总。"

22. 单位组织外出活动，一妹子是活动负责人，大巴上这妹子很严肃地提醒大家："为了大家的人身安全，请把安全套戴上……"整车哗然，妹子意识到

口误，赶紧补充一句："对不起，请大家把安全带套上……"

23. 朋友喜得贵子，在酒店摆席过满月，我们一帮哥们儿在一个包间。酒过三巡，朋友老婆抱着孩子进来和大家打招呼，我这一帮哥们儿哗的一声全体起立，冲过去把朋友老婆围住，都说"来来来爸爸抱抱""看看爸爸，看爸爸""给爸爸笑笑"……就在闹得差不多的时候，兄弟们看见了站在门口的已经石化了的孩子奶奶……老人家不敢相信眼前的这一幕……

24. 晚上回家晚了，老婆让我跪键盘，还开了文档，不准打出字！于是我跪在了空格键和方向键上，我真聪明！我好有成就感！

25. 大家在喝啤酒，这时你入座了，你给自己倒了杯可乐，这叫低配置。你给自己倒了杯啤酒，这叫标准配置。你给自己倒了杯茶水，这茶的颜色还跟啤酒一样，这叫木马。你给自己倒了杯可乐，还滴了几滴醋，不仅颜色跟啤酒一样，而且不冒热气还有泡泡，这叫超级木马！

26. 大一的时候，哥刚来学校，有一次，去饭堂的厕所上大号，进去后发现有两个厕所，但是竟然没有男女标志，正犹豫不决，就看见一个男生从一个厕所里面出来，哥马上冲进去，进去后，发现竟然有个漂亮女生，哥惶恐不安，各种道歉，然后那个女生悠悠地说："师弟，别怕，你是第一次吧？这厕所是男女公用的。"瞬间感觉我的大学太牛了！

我放屁的时候，你能不能别讲话？

1. 一次公司开会，一个经理正在讲话，我突然放了个响屁。那经理笑着说："哎，我放屁的时候，你能不能别讲话！"

2. 你知道为什么王老吉那么有钱？因为王老先生有块地啊！咿呀咿呀哟。你知道为什么王老他要去传达室吗？因为王老先生有快递啊！咿呀咿呀哟。

3. 黄昏的时候，我在路上慢跑。有一个年轻人从我后面跑上来，在我耳边急促地叫着："快跑！""发生了什么事？"我问身旁的年轻人。"赶快跑！"年轻人跑到我的前面。我快速追了 500 米以后，气喘吁吁地追问："到底发生了什么事？为啥让我快跑？""哦，因为你跑得太慢了。"年轻人丢下我，自顾自往前跑去。

4. 一天 A 正看电视，到精彩处，突然听到敲门声，走去开门却没见着人。"你好，能给我点水喝吗？"A 这才发现门口有只蜗牛。"没有！"A 没好气地一脚将蜗牛踢走了。几年后，A 又独自在家看电视，敲门声再次响起。A 跑去开门，蜗牛说："你刚刚干吗踢我？"

5. 某公厕内，A 君便秘，拉了好久都拉不出来，这时另一男子 B 君冲进来，刚蹲下就噼里啪啦拉得好不畅快，A 君听到后说："伙计，真羡慕你呀，拉得这么痛快！"B 君说："有啥好羡慕的，裤子还没脱呢……"

6. 朋友的漂亮女儿两岁。一日，偶打电话给她的妈妈，小家伙接的电话。出于礼貌，我也要和她寒暄一下："乖乖，妈妈呢？""去花果山了！""乖乖，那你在做什么呢？""阿姨你真逗，我这不是跟你打电话呢吗？！"

7. 小王在10楼人事部门工作，一个月前，被调到9楼行政部门去了。今天，小王的同学打电话到人事部门找他："小王在吗？"接电话的同事说："小王已不在人事了。"小王的同学："啊啊？！什么时候的事啊，我怎么不知道啊，还没来得及送他呢！""没关系，你可以去下面找他啊……"

8. 公路的急转弯处，有一幅标语牌是这样写的："如果你的汽车会游泳的话，请照直开，不必刹车。"一位刚学会开车的大学博士看到这条标语后，马上调头开到汽车厂，他认真地问经理："你们这种车会不会游泳，是不是水陆两用的？"

9. 有一位先生不学无术，却装成学贯中西的样子到处吹牛。一天，他的邻居来请他念一封信。他装模作样地看了好半天，其实一个字也不认识，他问邻居："信从哪儿寄来的？"邻居回答："是从南方寄来的。"先生叹了口气，如释重负地说："唉！怪不得我不认识，原来信是用南方语写的。"

10. 妈妈领着儿子到农村去看爷爷。爷爷很高兴，关心地问："你读书怎么样？"儿子："读初一啦。"爷爷说："好好读吧，初一要读，十五也要读啊，还要天天读，才能读得好呀。"

11. 一少妇，老公整天会情人，夜不归宿。她哭喊："老天，你怎么不开眼呀！任我的老公出轨。"儿子说："妈妈，你问老天一直没啥效果，这种出轨的事，要不你问问铁路局吧！"

12. 会场，一哥们儿悄悄地坐过来，掏出手机问一漂亮MM："请问，手机震动模式是哪个啊？"MM："会议模式吧。"他说："我调到会议模式，你给我拨下看震不震动。"然后，他报了他的号——打过去，他的手机居然欢畅地响了。没等MM反应过来，他利索地翻到这个未接来电，问："唉，你叫什么名字呢？"泡妞高手啊！

13. 男友生病去打点滴，因为赶时间，他加快了点滴的速度，医生看到了就调慢了，医生走了他又调快了。医生不让他调快但是他不听，医生吼道："真赶时间，那你喝了吧！"男友忧虑地说："那不行！万一打开盖子上面写着'再来一瓶'怎么办？"

14. "妈妈，这个世界上有鬼吗？""傻孩子，当然没有。""可街上有团火在飘来飘去啊。""那是鬼火，是人死后体内的磷与水或者碱作用时产生磷化氢自燃造成的。""可后面还有一套衣服跟火一起飘来飘去啊。""我看看，哦，那是包大人打着灯笼在巡夜。"

15. 新婚不久，老妈来家里，见家里凌乱不堪。便狠狠数落了老婆一顿，老婆非常委屈，待老妈走后，抄起手机就给岳母打电话诉苦，哭诉了半天，对方一句话没有说。末了来了一句："下回看好了号码再打，我是你婆婆。"

16. 同学问我："你们温岭方言里螃蟹怎么说？"我说："哈。"她又问了一遍："我问你，你们方言里螃蟹怎么说？"我说："哈。"她很无奈，改问："你们方言里鱼怎么说？"我："嗯。"她急了，又问一遍："我是问你们方言里的'鱼'是怎么说的？"我："嗯。"然后，她就再也不理我了。天地良心，我们方言里这两样东西就是这么说的啊！

17. 我跟新婚老婆在街上溜达，身边的美女一个个穿得惹火，我故意说道：“你看那个妞，身材多棒！屁股多翘！”随后老婆一句话让我不再嘚瑟。她冲着身边那个靓女喊道：“姐，有人看你屁股。”

18. 昨晚 12 点多，我睡得正香，手机来电话，很无奈地接了，我迷糊地问：“谁啊？”对方说：“我在厕所，给我送点卫生纸。”我迷迷糊糊地答：“今天太晚了，明天吧。”然后我就挂了。早晨起来，被在厕所蹲了半宿的舍友虐了。

19. 前天，一雄性已婚同学的 QQ 签名是：“可能，我没有想象中那么爱你。”昨天，他的签名改成了：“老婆，我错了。”今天，他的签名档是：“本人近日无家可归，求好心人收留。”

20. 女人不要太胖——你胖了，你的男人对你的爱没变，但是平均在每块肉上的爱就少了。

21. 我朋友的前女友让我非常无力吐槽！朋友让车撞了，腿伤到了，流血了，站不起来了。

他前女友扶都没扶，当机立断拿出手机……她拍下了我朋友的惨状传上了微博，发了句：亲爱的出车祸了，好心疼！然后，他们俩就木有然后了……微博控伤不起啊！

22. 青年问禅师：“我总是和我的兄弟们合不来，他们讨厌我，我也讨厌他们……”

禅师浅笑，拿出一根筷子，递给青年：“来，折断它。”

青年接过筷子，很轻松地就折断了。

禅师又拿出 47 根筷子，青年抢过来，一把全部拗断了。禅师沉吟片刻，双手结印，一记大慈大悲千叶掌劈死了那个青年。

23. 找个普普通通的女孩，微胖，爱笑易满足，在你面前很奔放，活得很自在。不装逼不做作，会骂脏话，嚣张起来自称老娘，温柔起来会脸红。和这样的女孩在一起才叫恋爱，可是，看着满大街的锥子脸，我想问这样的女孩上哪儿找去啊?

24. 有一人心急火燎地跑向公共厕所，厕所前排着长队，他只好站在最后一个。好不容易等到前面只剩下一个人了，他实在是憋不住了，对前面的人说："我快憋不住了，能不能让我先进?"前面的人紧握着拳头，从牙缝挤出一句话："他妈的，你至少还能说话！"

说，你干吗舔我的狗啊？！

1. 刚刚在外面看到了一只大金毛，各种喜欢。上前去摸，那狗就舔了我一口，结果有一下还舔到我嘴了。狗的主人看到了，是个很正的妹子，她快速走过来，我刚想借狗搭个讪，妹子来了一句："你干吗舔我的狗啊？！"

我瞬间凌乱了！凌乱了！

2. A："你为啥不吃鸡却吃鸡蛋呢？"

B："因为鸡知道疼但鸡蛋不知道。"

A："你又不是蛋，怎么知道不疼？"

B："蛋就是不疼！"

A："蛋不疼怎会有'蛋疼'这个词？"

3. 凤姐睁开眼，昨夜的醉意已经褪去。床是自己的，家是自己的。陌生男人已经穿好衣服正要开门而去。凤姐突然有些忧伤，随即脱口而出："我还不知道你的名字呢。"

男人回头，温柔笑道："就叫我群主吧！"

4. 妈妈让女儿去相亲，女儿耍赖说："世界上最爱我的男人已经娶了你啦。"

妈妈瞬间无语。

片刻，妈妈来了个暴强回复："我让给你，你敢嫁吗？"

5. 一哥们儿早恋被抓了，叫家长。他爸来了，老师就说："你儿子早恋了，得好好管管。"

结果他爸说："我知道，那丫头还挺漂亮。"

老师："知道你还不管啊，怎么做家长的？"

结果他爸怒了："管？不让他搞对象，长大你给娶媳妇啊！"

6. 老婆很凶。一次坐公交车遭遇小偷，老婆立刻霸气外露，就两字："拿来！"小偷乖乖地还了 50 块。

老婆吼道："还有！"

小偷一愣，又乖乖掏出 100 块。

下车后，老婆突然想起，自己出门其实只带了 50 块钱。

7. 如果将生命的历程比喻为从起点开往终点的公车，中途也许要经历这样一些有趣的事情：

次奥！刚过去一趟，没留意竟错过了！

次奥！人爆满！等下一趟吧！

次奥！仍然爆满！

次奥！不肯停车，还是爆满！

次奥！终于挤上来了。

次奥！都这么满了，竟然还不停地上人。

次奥！坐过站了。

次奥！下一站——终点站！

次奥！终点站到了，掉头还再开回去！

大哥，你不是脑抽，就是真傻

1. 昨天，奶奶给弟弟炖了一盘鸡爪子。他拿起来刚要吃，忽然想起了什么，紧张地问："奶奶，你是不是把咱家鸡的爪子给剁了？"

还没等奶奶回答，他就跑到院子里的鸡窝旁，看到鸡爪子还在，他终于松了一口气，回到屋里继续吃。

2. 今天朋友说他挪用了下个月的工资，买了一个沙滩椅。他说冬天没有太阳的时候，就把椅子放在厕所晒浴霸。

3. 在公司电脑上玩游戏。

老板过来发现了，把我训斥了一顿，叫我把游戏删掉。

我把桌面游戏图标拖进回收站，然后看着老板。

老板怒了："你当我傻啊，清空回收站！"

4. 早些年，生产队都是用打麦机脱粒，那天突然停电，队长检查线路时一块石头压在电缆上，顺便挪开，恰好此时来电。队长感慨地说："原来是石头把电压住了。"

5. 垂死的富翁躺在病榻上，在他的身边围着他的亲属、儿女、妻子和医生，富翁嘶哑着嗓子说："全是些流氓、强盗、口是心非的人！"

医生："情况还不错，还能认出身边的人来……"

6. 一哥们儿酒后嫖娼被查，认罪用了一句话高度概括：在巴掌大的地方犯下天大的错误。警察看后觉得过于抽象，要求细化量化，用数据说话。这哥们儿又写了十点：一个人寂寞；两个人快活；三分钟快感；四百元小费；五千元罚款；六个月工资；七天拘留；八辈子倒霉；酒惹的祸；十分后悔。

7. 唐僧师徒来到盘丝洞，唐僧被蜘蛛精捉住，猪八戒本想上前与蜘蛛精打斗救下师父，却被女妖精的美色所迷惑，春心荡漾。唐僧只好向孙悟空求助："悟空，快来打死这蜘蛛（只猪）！"

孙悟空听到师父求助，于是上前一棒将猪八戒打死了。

8. 有个放羊娃给村里放羊，一天他喊："狼来了！"

村民听到后马上上山去救他，结果发现没有狼，都生气地走了。

隔天，放羊娃故伎重演，村民来了还是啥都没有。

几天后，放羊娃又大喊："狼来了！"

村民觉得他又在说谎，没有上山，于是放羊娃高兴地拿出了金针菇，茼蒿，丸子，宽粉，海带！

9. 群里有人问群主："你对大龄单身、单纯、纯洁的在读女硕士怎么看？"

群主答："我一向反对以年龄、是否单身、个人品格、学历状况作为对他人的评价标准。天地不仁，以万物为刍狗，我们也应摒除成见。因此，在评价女青年时，我们提倡的原则是：只以胸大论英雄！我的话讲完了。"

10. 猎场管理员："你在用去年的猎证打猎！"

猎手："是啊，可我打的都是我去年没打着的野鹅。"

11. 初中时，班里男生英语成绩普遍较差。

一天，英语老师为了鼓舞士气，对大家说："中国男女比例失调，到你们这群小兔崽子找媳妇就难了。所以啊，必须学好英语，实在不行就进口。"

12. 我们班一同学特别衰，上课只要有他在老师保准不点名，他一逃课立马点名。

一天，上课前他躲在了课桌底下。

老师点到他的时候，他一脸贱笑地站起来答了个"到"！

13. 我们高中时经常有老师夜里查学生谈恋爱。

一次逮到一对情侣，就问："你们什么关系？"

男学生："兄妹。"

老师："什么兄妹啊？"

男生："俩爹不一个娘！"

老师："哦，那你们走吧！"

14. 有一大学女生，和男友分手，说："我又找了个体育系的男朋友。咱交往一年，你得给我2000元青春损失费。"

男生惧怕其"体育系新男友"，又想找个方式出口气。

交钱那天，姑娘与新男友到场，前男友带了10个男生。

每人走过来给姑娘二百块钱，三四个过后姑娘就哭得不行了，新男友也分了。

15. 某学生在作文中写道："我的愁绪无法用火星文表达，只化作一团一团白色的乌云被风吹走，留下鸟飞过的痕迹……"人才啊！

16. 如果我走了，请给我烧个女的，让我结束CN生涯。

17. 一天，两个同学在路上相遇。

一个拉起另一个的手："哟，小强，几年不见，你可变多了。你那红润的脸庞现在变得那么苍白；原先是高个子，如今却矮多了。这是怎么回事？"

另一个说："我不叫小强……"

"哎哟，连名字都变了！"

18. 一个县官正神气活现地坐在大堂上，不知谁在下面放了个屁。县官问："什么响，还不快快给我捉拿。"

一个差役回答："这个……这个是捉不住的。"

县官一听就火了，大声喝道："浑蛋，你们竟敢违令！马上去给我捉拿归案。"

差役没办法，用纸包了一包屎呈给县官说："主犯逃走了，现在把家属捉来了。"

19. 周末，到某大酒店挥霍，看菜都不够贵，问服务员："你们这儿有贵的菜吗？"

服务员："您往后翻，生猛海鲜比较贵。"

翻到最后一页看到一个八位数的菜，跟服务员说："这菜给我来四份。"

服务员看了一眼说："那是我们的订餐电话！"

20. 一朋友学的营销专业。毕业答辩时，随便从网上找了一篇营销冰箱的论文，改成了空调。顺利通过。

21. 上急救课，老师在课堂上提问："如果你们的弟弟或妹妹不小心把钥匙吞进肚里，你们会怎么办呢？"

经过一番沉思，一个同学站起来说："老师，那我就从窗子里爬进去吧。"

22. 一新生去学校报到。

老师："家长姓名？"

学生："李大猛。"

老师："和你的关系？"

学生："不太好，他经常揍我！"

23. 新学期开始，儿子问老爸："父亲的职业一栏怎么填？写股民吗？"

爸爸说："那怎么行？"

顿了顿，他继续说："就写多家上市公司股东吧。"

感人至深的情感微小说

1. 青春的路口，曾经有那么一条小路若隐若现召唤着我。

母亲拦着我："孩子，那条路走不得。"我不信。

"我就是从那条路上走过来的，你还有什么不信的？"

"既然你能从那条路上走过来，我为什么不能？"

"我不想让你走弯路。"

2. 小林妈跟小林爸因为琐事大吵了一架，然后小林妈一气之下回娘家去了。小林爸后悔不及，每天挖空心思给小林妈发信息、打电话道歉求媳妇回家。

可是小林妈不但不回电话和信息，还拒绝小林爸前去接她。

这样的情况持续了好几天，小林看不下去了，于是自己打电话给他妈。小林就说了三个字，小林妈马上就回来了。小林爸一看傻了眼，追着小林，问他到底说了什么。

小林说："我只是跟我妈说'我饿了'。"

3. 她回家前总给父亲打电话："您需要啥？"

父亲："用不着，浪费那钱干啥？"

自此，她每次都空手回家。

一次，她出差，想起父亲爱喝酒，顺手买了一瓶带回去，又一年后，她在省城偶遇邻家大婶，大婶笑着说："你给你爸买的酒，他喝了一年，逢人就夸你！"

她眼睛湿润了。

4. 女人跟老公吵架了。老公盛怒之下扇了她一巴掌，女人没像平时那样砸东西，而是一个劲儿地哭。

女人哭着哭着，那双水汪汪的眼睛突然就掉落了下来，在地上瞬间化为一小摊水。接着，女人的鼻子和嘴巴也掉在地上化为了水。男人的脸满是恐惧，却无可奈何。很快，女人就剩下下半身了，紧接着，女人的下半身也化为了水。

老公站立的地方很快就被水围了起来，他一动也不敢动，他怕动一下，女人就会少一根汗毛，或缺胳膊少腿的。

老公整整站了一个下午，班也上不成了。

老公说他以后再也不跟女人吵架了，再也不打女人了。

但女人，没有原谅他。

那摊水不断地在他的脚踝边转动，浸透了他的身子，他的心。

傍晚时分，门被打开了，一个小男孩进了门就喊："妈妈，我回来了，我肚子饿了。"

地上的那摊水听见了呼声，顿时聚成了一团，顷刻站立成了女人，扭着腰身进了厨房。

5. 父亲早逝，母亲不知从哪里弄的钱供他读完大学。

毕业后他工作理想，女友漂亮。

不料祸从天降，女友病了急需换肾，又找不到合适的配型，他急成了热锅上的蚂蚁。

一天母亲晕倒了，检查后他喜出望外："妈，求您给小芳捐个肾吧！"

医生无奈地叹气："捐什么呀，她只有一个肾。"

6. 他成绩很好。

父亲是农民，经常去看他，光脚，戴草帽，在窗外看着他傻笑。

他恼道："不许再来！"

父亲默默地走了。

后来，他上大学，又入政坛，再入监狱，财产充公。

父亲去看他，穿着极不合身的西装，在窗外看着他傻笑道："怕给你丢人，借的。"

他潸然泪下……

哥们儿，办证吗？

1. 我就要和相处一年的女友结婚了，毫无疑问，我很幸福。现在唯一困扰我的是，我未来的小姨子，一个 20 岁的漂亮女孩，她喜欢穿紧身的低胸装以及迷你短裙，经常在我的跟前有意无意地弯下腰，更要命的是，在别的男人面前她从不这么做。要说她没有诱惑到我，那是我在撒谎。

一天，我未来的小姨子打电话给我，让我去看看结婚请柬的准备情况。当我到时，她家只有她一个人，迎接我的是她无尽幽怨的眼神："我爱的人要结婚了，新娘不是我，我现在唯一想做的是在你结婚之前，把我献给你。"她在楼梯上对我说："我在卧室里等你，如果你决定了，就上楼来找我。"当她走到楼梯的尽头，她的睡衣滑落了，洒向我的是她眼中的期待。

我呆立了一分钟，然后做了我当时唯一能做的事：拉开大门，走向停在外面的我的车……门外，我的未婚妻热泪横流，给了我一个恶狠狠的拥抱："好样的，我们家的测试你已经通过了！"我一时百感交集，无言以对——这段经历告诉我：把保险套放在自己的车里是多么重要啊。

2. 小葵花妈妈课堂开课啦！

孩子咳嗽老不好，多半是不想上学装的，打一顿就好了！

3. 开学就像坐牢，今天被判刑，明天就去蹲大狱了。

4. 你上，或者不上学，学校就在那里，按时开学。

你念，或者不念书，书就在那里，无声无息。

你听，或者不听课，老师就在那里，不下课不走。

你学，或者不学，考试就在那里，不离不弃。

你来，或者不来，点名就在那里，爱来不来。

默默上学。寂寞无奈。

5. 迎新学长必备金句：

①“听学长一句，忘了他吧。”

②“学校里有什么问题，找我。我号码存一下吧。”

③“我是学生会 ×× 部的，人头很熟，有事找我。”

④“大一的男生玩心太重，不适合当男朋友。”

6. 盼了两个月，终于等到要开学了，结果太让我失望了。看到了不少学妹，有的长得像学姐，有的长得像学长，还有的长得像家长……

7. 大学新生报名那天，一同学跟他爸说：“爸，你就把一个学期生活费一次给我呗！”

8. 甲：“你的身材怎么保持得那么好？”

乙：“靠跑路。”

甲：“那么怎样才能保持跑路的习惯呢？”

乙：“靠欠债。”

9. 清明节，一同事祭祖，边烧纸钱边说，这冥币做得太 TM 逼真了，连金丝儿都有。回去之后刚进门他妈就问，你去祭祖怎么没带着这些纸钱儿？还有，家里刚取的那一万块钱哪去了？

10. 一天，一个来自农村的暴发户到一个城市旅游。傍晚，他发现一群人望着天上刚刚升起的一弯新月。

暴发户见了感到奇怪，望着他们喃喃自语道：“这些人真无聊，比一把旧镰刀还要细的弯月有什么好看的？在我们那里比车轱辘还要圆的满月都没人看。”

11. 美国宇航员登上火星后发现一块石头上竟然有两幅画和一行阿拉伯数字，他们认为这是火星人曾经到达过地球的历史记录。美国召集了许多科学家和数学家进行分析，始终破译不出那 11 位数字的意思。

有位科学家怀疑那两幅画是两个汉字，翻翻字典，肯定地说：“这绝对是汉字，这两个字的发音是‘办证’！”

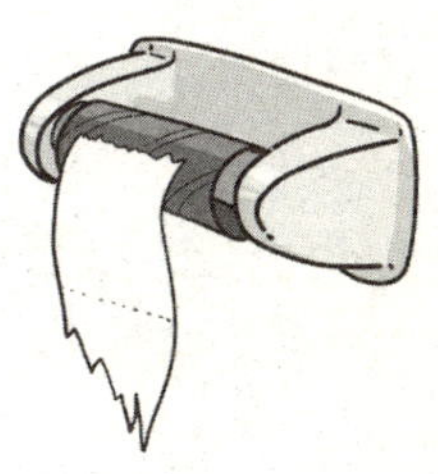

你才傻蛋，你才白痴，你才吃饱了撑的

1. 去散步的时候，看到一男的和一女的吵架。

男：“你傻蛋，你白痴，你吃饱了撑的。”

女：“你才傻蛋，你才白痴，你才吃饱了撑的。”

男：“我哪里傻蛋？哪里白痴？哪里吃饱了撑的？”

女：“你哪里不傻蛋？哪里不白痴？哪里不吃饱了撑的？”

男：“我就算再怎么傻蛋，再怎么白痴，再怎么吃饱了撑的，也没有你这么傻蛋，你这么白痴，你这么吃饱了撑的。”

2. 同事家有一枚七岁小正太，正上一年级，和班上的一枚小萝莉关系很好，于是互相留了电话，约好星期六去公园玩。结果星期六下雨，他爸爸就说：“别去了吧，这么大雨，你同学肯定也不会去的。”小家伙很固执地说：“不，要去，她一定会来的。”于是撑着小伞去公园了。去了后等了半个小时发现小姑娘真的没来，他又默默地回去了。回来后，他爸爸怎么问他，他都不说话，过了半天，小正太幽怨地迸出一句：“我再也不相信爱情了……”

3. 某地大桥坍塌了。次日，食品卫生管理局局长宣布辞职。

记者问：“桥垮了应该道路桥梁管理局负责啊，您为什么要引咎辞职？”

局长答：“我昨晚上才知道本地的桥梁属于豆制品，归我管。”

4. 某地产大腕发微博：“买一双新鞋，左脚磨出了泡。脱了鞋一看，一只是

7号，一只是8号。让售货员坑了。”

一哥们儿回复了：“哈哈，别怪售货员！一只卖的是建筑面积，另一只是实测面积。”

5. 大清早，一哥们儿对我说：“看新闻了吗？出六级试卷那‘砖家’被劫匪绑架了，劫匪让拿1000万赎人，要不然就用汽油烧死他。现在正募捐着呢，咱也捐点吧。”

我说：“好，大家伙一般都捐多少？”

那哥们儿说：“看情况吧，有捐2升的，也有捐10升的……”

6. 今天客户来银行取钱，坐下一句话说得我石化了：“你好，我死期到了。”

7. 今天跟一个当老师的朋友吃饭时抱怨，说是现在的孩子很不好管，说什么都不听。我就说：“拿出你的威信来啊！”

她愣了一下，看看手机说：“我没开通啊……”

8. 一辆客车上，劫匪对司机说：“给我一个不杀你的理由。”

司机淡定地说：“我在开车。”

9. 前些天感觉胸口很闷，就去看了医生。

医生看着我的胸片，皱着眉头对我说：“你以后要少抽点烟了。”

虽然有些疑惑，但我还是听从了医生的建议，回来后我就买了几包烟，开始学习抽烟了。

10. 一位老大爷上了公交车，年轻人纷纷让座。

老大爷见前面有个放着小包的空座，于是一一谢绝了，并客气地让坐在空座旁的小伙子拿开小包。

不想小伙子竟无礼地说："这小包和我一样，比你上车早，它凭什么不能放在座位上？"

一位大娘气愤地说："座位是坐人的，不是放东西的，你和小包一样，难道你也是东西？你是什么东西？！"

11. 一男子向一女子求爱说："你要是不答应我，我就是世上最痛苦的人了。"女子说："我不答应你的理由同上。"

12. 有一个女孩，长得如花似玉，和一男生合租。表面上看都很正常。有一天，那女孩终于忍不住了，把男生叫到她房间去说："我再也受不了了……我现在命令你把我的外套脱掉。"男生默默地照做了。她深吸了一口气，说："现在……再脱掉我的上衣。"男生仍然照做。那女孩还红着脸，又说："我的胸罩也脱下来……"男生犹豫了一会儿，但还是做了。"接着……是我的内裤。"女孩说。男生也慢慢地脱了下来。那女孩叹了口气，接着对男生说："好了，从现在开始，我不准你再穿我的衣服了，听到没？"

13. 公司新调来一经理，长得特像陈坤，今天第一天上班，我们一块儿上电梯，本着和领导套近乎的初衷，我想赞扬他一把。

我："哎呀，经理，你长得太像那个明星了，叫什么来着？对了就是演《画皮》的那个！叫什么来着？"

他笑着说："陈坤。"

我来了一句："对对对，就是那 SB！"

14. 一女人领着狗去看兽医。

医生说："您这只贵宾犬……"

女人打断医生的话："对不起，请你尊重点，不要叫它'犬'，它是我宝贝儿子。"

医生说："请问你儿子多大了？"

"9个月。"

"你儿子哪儿不舒服？"

"它最近心情不好，总喜欢咬人。"

"请问你儿子以前打过'狂你儿子疫苗'吗？"

15. 甲："听说了吗，李宗瑞爆出与女星不雅照了！"

乙："真的吗，素质真差，怪不得输给林丹！"

甲："那是李宗伟好吗？"

乙："李宗伟不是写歌的吗？"

甲："写歌的那是李宗盛！"

乙："李宗盛不是以前国民党司令吗？"

甲："天哪，那是李宗仁。"

乙："李宗仁是谁？暗恋程又青的吗？"

甲："天，那是李大仁……"

16. 一位维修工上门维修电视机，家中只有一位很性感的女人。维修工一边修电视一边不停地看那女人。修理完毕后，女人对维修工说："我有一个很难为情的请求，你能答应我吗？"维修工隐隐感到了些什么，连连说"能"。女人继续说："事情是这样的，我丈夫的身体很弱，有的事指不上他。你看你是男人，我是女人……其实你一进来我就注意到你强壮的身体了……"男人的口水都快流出来了，迫不及待地说："那我们开始吧！"

"你真爽快！"女人高兴地回答："我新买的冰箱就在门口，那你就帮我把它搬进来吧！"

17. 在电梯里放屁的心理变化：

尴尬：刚刚上了电梯，突然之间想放屁。

为难：电梯人很多，很拥挤。

无奈：实在憋不住了，准备……

幸运：在屁出来之前，其他人都下电梯了。

高兴：电梯里只有自己一人，轻松自在地放一个屁。

后悔：太臭了，连自己都忍受不了。

羞愧：臭味消散之前，有人上电梯。

痛苦：电梯里只有自己和另一个人，那个人放了一个极臭的屁。

郁闷：放屁的那个人装作若无其事。

孤独：放屁的人先下了电梯，自己独自忍受屁臭。

委屈：屁味没散尽之前，又有人上电梯。

抓狂：跟妈妈上电梯的孩子指着我说：“妈妈，他放屁了！”

18. 一只母鸡正舒服地孵着蛋。突然，一颗蛋从它的屁股下硬是钻了出来。

母鸡：“怎么回事？你怎么跑出来了？”

小鸡蛋：“你……你……你放屁！”

母鸡：“……”

19. 火车上，一位小姐和一老太太坐在一起。小姐想放屁，憋又憋不住，就用手佯装擦拭车窗，随着摩擦发出的声响连续放了几个屁。可是，边儿上坐着的老太太却对她说：“音倒是可以了，可味儿怎么办？”

20. 你走在路上，一条母狗扑向你，从你的脚上咬了一块肉，迅速吞下去，你伸脚正要踢它的时候，狗含着泪说：“你打吧，反正我肚里已经有了你的骨肉了！”

21. 女人在家正和情人幽会，男人打电话来，情人问：“谁？”女人说是她老公。情人立即要走，女人说：“别走，他说正和你在办公室里打牌，晚一些回来。”

22. 一位老太太带着她的猫在马路上散步，突然，一个男子开车把猫给撞死了。

男子连忙停下来，抱歉地说：“大娘，我愿意补偿您。”

大娘：“那太好了，你捉老鼠捉得怎么样？”

23. 在一饭店吃饭，结账的时候老板娘说：“七八六十五，收你六十四，以后常来。”

24. 买瓶饮料，瓶盖上写的“再来一瓶”。找店家兑换，店家说兑奖时间已经过了。我一看兑奖时间到 2012 年，生产日期 2013 年，尼玛！

25. 我们几个正谈论今天中午吃饭的那家饭店，饭菜如何贵，味道如何不好。这时不知从什么地方赶过来的老李说道：“要是你们今天吃饭带我去就好了。”

“怎么！你和老板熟悉，可以优惠些？”我问。

“不是，你们不愿意吃的饭菜我可以打包回来喂狗啊。”

26. 昨天我们这儿有雨，特别大，我站在路边想打个 Taxi。

正当我瞭望的时候，一个小孩子大概是淋坏了，掀起我到脚踝的长裙就钻进去避雨。

那孩子的爸爸一看孩子钻到我的裙子底下，一边说对不起，一边又掀开我的裙子把他孩子给拉出来了！

整个过程动作很流畅！

27. 家有小正太一枚。昨天，他偷偷和我说：“爸爸爸爸，妈妈到现在还在穿纸尿裤……”

苦逼已婚男士存钱九大招

婚后男士存私房钱是个大难题，本人根据多年的存私房钱经验，现总结出一套方法拿来共享：

1. 家里的地你一定要勤打扫，尤其是床下、墙角等比较隐蔽的地方，常常会有几枚硬币伴着清脆的“铛啷啷”响声出现在你面前。运气好的话，出现5元、10元及以上面额的机会也是有的。

2. 把自己锻炼成长跑健将，这样，每天就可以不坐公交车或打车上下班了，每天老婆给的交通费就可以直接纳入自己的财政收入。

3. 平日里腿脚要勤快些，但凡老婆让买东西，时间又允许，一定要货比三家。比如买青菜，要多跑几个菜市场，你就可以以最低的价格买入，以最高的价格上报，中间的差价不就到手了？

4. 要经常替老婆洗衣服，这样，可在洗衣服前将老婆所有可能放钱的地方仔细搜查一遍，通常都会有所收获，少则一两元，多则三五十元。不过，要是收获超过一百元，为防止暴露自己的意图，建议交还老婆为妙。

5. 一定要经常收拾家里的垃圾，将家中的纸箱、铁丝、塑料袋、酒瓶、报纸、胶鞋收拾起来，碰上收废品的，再加上一定的讨价还价技巧，通常的收

获还是比较可观的。注意：卖前应对瓶盖、小食品袋、易拉罐拉环仔细检查，万一碰上中奖标志，收获会更大！

6. 多学习，掌握一定的数学和经济学知识，比如数学里最简单的四舍五入，就非常实用。举个例子，一斤酱油八毛四，你一两一两地买，买一斤酱油不就有四分钱的收入了？

7. 养成与孩子经常交流感情的习惯，孩子通常是不太缺钱的，身上经常有些散碎银两。大钱咱就别和孩子耍心眼儿了，不过小钱，你完全可以以替孩子暂时保管为名，占为己有。不过，这事毕竟不太光彩，如果不是特别缺钱，还是不用为好。

8. 最重要的当属单位发的奖金了，工资卡上交，那是咱控制不了的，但哪个单位都会有不入工资卡而直接发到手的钱。不过要掌握好度，一点不交，一旦东窗事发，后果不堪设想。要是全交，你傻不说，想要私房钱就只能用以上七种苦方法了……

9. 最最最重要的还有你那张存了私房钱的银行卡，曾经有牛人支过招，办个卡，记住卡号和密码，然后把卡烧了，存下了私房钱就到ATM机上通过“无卡存款”功能把钱存入，只不过用的时候你需要补卡。当然，还有个更好的方法，就是把卡放到你的父母或铁哥们儿那里。

老婆制定的“恐怖”家规

本着老婆的利益高于“一切”的原则，制定本家规。

1. 你不是忍者，但你必须超能忍。

2. 你的精彩来自我的风采，所以不能嫌我买衣服太多。

3. 在我买衣服之前，你的观点必须和我一致；在我买衣服之后，你的观点必须和商家保持一致。

4. 当我犯错的时候，记住，我毕竟不是神；当我们发生争吵的时候，记住，你毕竟不是神。

5. 家里来客人时，你必须在厨房里配合我，你负责洗菜做菜，我负责上菜。

6. 男人一下班就回家太没出息；男人下了班不回家太不顾家。所以，你应该在下班后买好明天的菜，交好水电费、电话费，到幼儿园接孩子。

7. 为了充分体现男女平等同时又各有分工的原则，在家里我们都可以掌控遥控器，你负责空调遥控器，我负责电视遥控器。

8. 你要努力工作，业绩要非常出色，出色得让你的男同事佩服你，让你的女同事嫉妒我。

9. 财富不是我节省下来的，而是你没日没夜地创造出来的。所以我花钱越多越能证明你能干。

10. 生活里要时时处处想老婆之所想，急老婆之所急，眼明手快，体贴入微。

11. 记住：大“丈夫”，要对妻子好一点；要对自己狠一点。

堪称笑林“萌”主的小朋友

1. 女儿和幼儿园的小朋友去动物园回来后，妈妈问：“宝贝，动物园里什么最好看？”

女儿说：“大象。它有两条尾巴，一条在后面，一条在前面。”

2. 孩子他妈出差了。下班回来做完饭，我确实太累，就对孩子说：“宝贝，吃完饭你把碗刷一下，爸爸都要累倒了。”

孩子看了看我，说：“爸爸，还是你刷吧，咱们家不能同时累倒两个男人！”

3. 某日晚饭后与老婆闲聊，说现在这个涨那个涨就是工资不涨，生活真是艰难！这时坐在旁边看电视的三岁小女儿说道：“我当初就不该来你们家，说不定你们哪天把我给卖了！”

4. 一个小孩子到鞋店买鞋带。售货员问：“小朋友，你想要什么样的鞋带？”“一根左边的，一根右边的。”

5. 女儿读一年级，有个作业题按要求写词语，例：亮晶晶，然后我看到女儿飞快地在本子上写着：喜羊羊、沸羊羊、美羊羊、懒羊羊、慢羊羊……

恐龙当年也是这样想的

1. 数字军团和字母军团打了起来，数字头领 0 说："1、3，你们组成 B，潜入字母军团！"过了一会儿，只见 1、3 两人头破血流地回来了，说："头领，不好了！装 B 被发现了！"

2. 我问媳妇："为什么孙悟空这么强大但几乎每次都要靠菩萨或者众仙才能搞定 BOSS？"她的回答是："因为猪一样的队友！"

3. 一蚊子进城，饿极。见一小姐双乳高耸，遂一头扎入猛咬，结果满嘴全是硅胶，于是仰天长叹："唉，食品安全太成问题了！上哪儿找放心奶啊？"

4. 男："你相信今天世界末日吗？"
女："不信。"
男："恐龙当年也是这样想的。"

5. 我们有位老师姓侯，有次上课的时候不小心放了个屁。当时全班肃静，大家都在各种忍，老师也很尴尬。这个时候，我室友的手机突然响了，铃声是这样的："猴哥，猴哥，你真了不得……"大家再也憋不住了……

6. 中午，市长一行来到一贫困县的小学考察，当他走进学校的食堂，看到孩子们正在吃饭，有鱼有肉。看到这个场景，市长微笑着点了点头。这时，市长注意到一个小孩一边打着饱嗝，一边不停地在吃，市长走过去，很关怀地说："小同学，一次吃得太多，会消化不好的，明天再吃！"小孩嘴里含着鸡腿，抬头看了看市长，然后打了个饱嗝，说："你明天还来?！"

7. 五年前，我对我深深爱着的女孩表白。她拍着我的肩膀说："成熟点，别那么幼稚。"五年后我成熟了，有钱了，发现现在很 happy。愿意花钱会有很多妞儿让我开心。不久前，她托闺密告诉我，说其实她还对我有感觉。我转告了她一句话："成熟点，别那么幼稚。"

8. 嫦娥将天蓬元帅调戏他的事告到了玉帝处。玉帝问太白金星："天蓬此举该如何处置?"太白金星答："知法犯法，按律当诛。"玉帝有些惋惜地点了点头："唉，当猪就当猪吧。"

9. "老公，我想吃泡面。"

"我给你煮去。"

"我不想吃咱家那个牌子的。"

"那我出去买。"

"煮完家里全是泡面味儿，难闻死了。"

"那泡好了给你拿回来。"

"凉了不好吃。"

"那咱们出去吃。"

"外面太冷，我又懒得穿那么多下楼。"

"你到底想怎么着?"

"想吃泡面。"

男人是这样被逼疯的……

10. 姑娘和小伙彼此相爱，感情渐浓，却始终未越雷池一步。姑娘最先忍不住了，送给小伙一枚精致的安全套，以此暗示。不料，第二天小伙提出分手。姑娘悲痛欲绝，后悔莫及。而此时，小伙正在向他的哥们儿控诉："这女的太人精了，想让我俩这事吹了却不正面跟我说，送个破气球暗示我吹了，TMD，吹了就吹了呗。"

11. 一个当妈的带五岁的儿子去澡堂洗澡，儿子死活不肯进，当妈的安慰道："你咋这么不懂事呢？现在是给你机会，你看你爸，想进都不让进。"

12. 我从小就喜欢玩水。老爸说这小子跟水有缘，将来准是个游泳健将，真不错。事实证明老爸的话还是有些预测性的，我现在是个洗车的。

13. 今儿晚上和老婆还有几个朋友出去吃饭，突然觉得肚子不适就去厕所蹲坑，过了一会儿，看见这货华丽丽地从我面前走过。她没注意到我，等到她在我旁边那个坑蹲下，我弱弱地喊了一声："老婆……"

"干吗？"

"哦，没事，你没发现你进的是男厕所吗？"

14. 高中军训的时候，练习敬礼。教官一个口令，我把左手举起来了，左手……这不是高潮，高潮是教官看了后说，你就这么举着。姐就用左手敬礼，举了半天啊……

15. 一高富帅说："我的梦想是以后有自己的录音棚，我弹吉他，老婆唱歌。"一屌丝插嘴道："我的梦想是我在前面抗怪，老婆在后面加血……"

16. 上小学的时候，写作文，身边的好人好事。我同桌写的是我勇救落水儿童，孩子得救了，我却永久地离开了他们……为了一篇作文，你就忍心把老子写死？！

17. 夏季的一天晚上，我跟老妈去洗澡。我先脱完衣服进浴室，映入眼帘的是十多个光头。

当时，我脑袋就抽筋了，忘了尼姑也是光头，拔腿就往外跑。要不是我老妈手快，及时拉住我，事情就大条了。尼姑姐姐们啊，你们包场就不能提前说一声吗?

经典冻人的冷幽默

1. 行刑前，狱警对死刑犯说："来，再抽支烟吧！"

犯人："不抽，这玩意儿抽了会上瘾。"

2. 一朋友刚买电脑，一个月后突然打电话给我："我的电脑总提示空间不足，我把电脑搬到了40平的客厅还是说空间不足，TMD到底要放在多大的房间才行啊？"

3. 孙悟空对白骨精说道："白骨精！不管你变化成什么样子，我照样可以一眼看透你！"

白骨精立刻脸红了起来："讨厌！人家今天没穿内衣啦……"

4. 玛雅预言大师一边吃东西一边在发表对未来的预言，旁边的门徒在虔诚地记录。日历翻到2012年12月21日时，大师突然吃到好辣的东西，头上冒汗，脸色大变："是芥末！日！"门徒悲伤地记了下来：2012年12月21日，世界末日。

5. 有一天下班，到家门口了，我妈给我打电话，问我怎么还没到家。我就骗我妈，说今晚有约会，要很晚才回去。过了半分钟，我就到家了，我爸说，你妈刚跟我说完，你不回来了，一个屁都没凉呢，你就又回来了。我华丽丽地回了一句，要不等您屁凉了，我再回来？然后……就没有然后了。

6. 老爸出差香港给我妈带了好多纪念品，我什么都没有……我在那儿愤愤地抱怨老爸偏心。结果我爸淡淡地说了一句：“你妈这辈子都是我的，你迟早是别人的！”姐震惊了……

7. 寝室一哥们儿脚巨臭，又习惯把鞋子放在窗台，风一吹整个寝室就会变成沼气池一般。

前几天抓住了个小偷，就是从我们宿舍窗台掉下去时被发现的。

8. 昨晚去电影院看《泰囧》，前面坐着我们公司老总和一年轻妹子。老总看到我了，这么多年了，我终于看到升职的希望了……

9. 某日手机欠费，于是去充值。我（递上一张一百元）：“老板，给我充一百。”老板在电脑上噼里啪啦输入我的号码后说：“你已欠费两块五毛钱。”我赶紧从包里抓出几个硬币递了过去。老板石化。

10. 今天自习室一哥们儿无聊转笔，旁边一美女用一种很惊异的眼神看着他。哥们儿转得更起劲了，我在远处快笑出来了。哥，你手里转的可是钢笔啊！您这白羽绒服算是……于是，这哥们儿直到钢笔水甩到了脸上，才明白过来……

11. 周末公司组织报名去滑雪，我想约一同事妹子去，怕她不去，我就威胁她：“要么周末去滑雪，要么和我滚床单，你选吧。”结果她说：“哦，那就不去滑雪了……”靠，你怎么不按套路出牌啊？

12. 班上有一学生，特调皮，有一天上课，那同学开了小差，于是，老师把他叫了起来：“你说，这题为什么选A？”学生：“因为B、C、D是错的！”

13. 传说中的世界末日的时候，我打电话给工商银行客服："世界末日快到了哦。我信用卡就不用还了吧，哈哈。"那妹子很友善地对我说："亲，我行已经在那边开设了分行。到了那边还是一样要还的，不同的是，那边是要加收跨行费的。"

14. 传说中的世界末日之前，我就已经计划好了，如果世界末日真的会降临，到时候我最想干的事情就是：站在一座即将喷发的火山旁边，满怀镇定地从怀里掏出一根烟，大喊一声："给爷点上！"

15. 中午等电梯，快递小哥把一堆快递散放在电梯间，就在他快要进公司送快递的时候，突然看到正在等电梯的我，猛然冲回来，又把快递点了一遍……小哥，我不顺手拿几个是不是对不起你这一顿查?

16. 刚刚挤上公交，我掏出手机开始玩游戏。突然，旁边一枚美女拍我肩膀，手上还有几元钱。我突然一想，早餐钱掉了吗？我欢乐地接过钱说声："谢谢美女！"顺手把钱塞进裤兜里。美女惊诧地望着我大声说了一句："后面递过来的，麻烦投币。"我靠，周围的人爆笑……我无地自容啊！

17. 一次在网吧上网，突然感到屎意正浓。没办法，只能到处找认识的人，突然在网吧发现了认识的人，我就急忙扑了过去，问他带纸没，他很镇定地看着我说没有。我一脸无奈地看着他，他看了看我，对着旁边的妹子说："看吧，出门不带纸，你就等着屎。"大哥，你真精辟！

18. 刚在公交车上，一位民工大哥，在司机后方坐着，我在大哥后面坐着玩手机，突然，大哥手机铃声响了，警笛声夹杂着"前面的公交车靠边，靠边，后面有车队……"蛋疼的是，司机大叔，真的靠边了，真的靠边了，有木有……

19. 一天，爸爸逗着问三岁的儿子将来娶谁做老婆，儿子略加思索便干脆地回答："娶奶奶做老婆！因为你娶了我妈妈做了老婆，所以我也要娶你妈妈做老婆！"

20. 某日，主任到单位特别早，一位老师进交班室看到主任说："哟，主任这么早啊？没送孩子上学啊？"主任先是一愣，然后大喊："我靠，我儿子还在家门口等我呢！"然后狂奔出门。原来主任让儿子在他家楼下等他，他去地下车库开车，也不知道想啥呢，就直接开到单位了。

21. 我娶了中国太太，才深刻体会到当个中国人有多么累：吃饭不用勺，非用两根木头棍，又爱吃米饭，白白耽误多少光阴？你说发明个文字吧，非设计那么多笔画，成心难为自己。好不容易学会了100个字，到台湾一看，全TMD成繁体了，白学了。听说过去的中国人得拿把刀，把每一个字刻在骨头上，一个月刻不了三个字，这是人干的事吗？

22. 室友们最近迷上看《海贼王》，往往看得热血沸腾，某天，他又看完一集更新，激动之下，豪迈地把QQ签名改成："我要成为海贼王的男人！"第二天再次登QQ，发现他的一个室友，默默地把网名改成了"海贼王"。

23. 在北京游玩，站在大街上，我高歌起来："如果有一天我不得不离去，我希望人们把我埋在这里……"朋友说："想得美，北京的墓地多贵啊！"

24. 一女护士看到一病人喝酒。于是，上前说道："小心肝。"病人笑着回道："小宝贝。"

25. 一个故事开头恐怖，中间搞笑，结果悲伤：从前有一只鬼，恐怖吧。放了个屁，搞笑吧。然后死了，悲伤吧。

26. 一少妇来到一家保健品商店购买“快乐器”，经过仔细比较后跟店主说：“就拿墙角那个红色的！”店主看了看少妇，表情有些惊讶，说：“那是灭火器！”

27. 有一二货朋友，为了自己手机不让别人乱玩，竟然设了五道屏幕锁！！自己看电子书的时候，一黑屏就要噼噼啪啪解五道锁，尼玛，要逆天了！膜拜！

歪解成语，这样也可以？

1. 六神无主：这瓶六神花露水是谁的？

2. 虎视眈眈：老虎是单独出外觅食的动物，它们不群居。

3. 风马牛不相及：得了疯牛病的牛狂奔起来马都追不上。

4. 鸡毛蒜皮：卖鸡时，将鸡的毛和皮的重量算在一起称，是形容奸商的。

5. 日理万机：养鸡专业户每日管理上万只鸡。

6. 油嘴滑舌：蛇吃饱后，身体滑溜溜的，嘴油光光的。

7. 杯弓蛇影：古人背着弓箭，而地上的影子很像一条蛇。

8. 亡羊补牢：有位姓王名洋的人，擅长捕捞技术。

9. 扬眉吐气：羊遇到了倒霉事，兔子也很生气，因为它们是总在一块儿吃草的朋友。

10. 装聋作哑：假装自己属龙，就可以装作文雅人了。

爆强雷语，犀利调皮

1. 寒冬有觉尽情睡，莫使枕头空对被！

2. 一直想不明白，如果割腕会死人，那么断臂的为什么会活着。

3. 我对男人的要求是：花心不行，花心思可以。

4. 遇到小人，郭德纲忠告你：人生在世，谁都会吃屎，但是你别嚼。

5. 今晚我们篮球赛打赢了城管，打破了城管不可战胜的神话！求贺电！！！

6. 暧昧就是我找你借钱，你没说借，也没说不借，而是只说你老公不在家……

7. 一天瘦了两三斤有什么了不起，不过是饭前便后而已。

8. 今天早上出地铁站的时候自动扶梯发生故障，我被困在上面一个多小时，所以迟到了。

9. 知道你和一盘狗屎的唯一区别是什么吗？你没有盘子。

10. 别跟我说一个巴掌拍不响，要不要我赏你一耳光告诉你一个巴掌是怎么响的？

极品糗事，保你乐开花

1. 画家徐悲鸿以画马著称于世，他笔下的马刚劲矫健，千姿百态，或奔腾跳跃，或回首长嘶，或腾空而起。而随着创作阶段的成熟，其晚期作品主要以田园、乡民、孩童为题旨，丝毫不见马的踪迹，这是因为他终于悟出了“无马才是王道”的艺术真谛。

2. 参加朋友的新婚典礼，新郎深情地对岳父母说：“爸妈，你们放心，我绝对会对她好，会好好照顾她，像亲兄妹一样。”

3. 几个僧人负责清洗少林寺全寺的衣物，方丈常对他们说：“只要肯用心，洗衣也能有大修为。”

其他僧人渐渐地都倦了，只有小和尚明风始终铭记方丈教诲，用心洗好每一件衣物。

终于有一天，工夫不负有心人，方丈将他破格升为一院执事。

用心的明风，在方丈的袈裟中发现了几根长头发。

4. 宿舍一小哥，平时有点娘。前段时间说处了一对象。不住宿舍了，搬到对象那里去。同学都在讨论，很娘的男生对象是不是得很彪悍才行。于是见到了那小哥，问他对象的情况。结果一哥们儿脑抽，问了句“你对象，男的女的”，结果小哥华丽丽地回答：“哎呀，其实吧，两个人在一起，只要真心相爱就好啦。”

5. 早上在厕所拉便便，喉咙突然很痒，忍不住咳了几声。在客厅的老公关切地问："怎么了，是不是噎着了？"我："……"

6. 和同学一起吃饭，偶然看见他拇指根部有一个疤，就问他怎么搞的。他说："小时候放炮炸着了。"我说："还能在手里炸呢？"那货喝了一口汤，淡淡地说："那时候学校刚放过《董存瑞》，我们那儿正好又有一座桥……"

7. 一个亚利桑那人开枪打伤了自己，这倒没什么可大惊小怪的，这种事情时有发生。可为了提高呼救声的分贝，这个受伤的人又开了一枪，打中了另外一条腿。

8. 不知怎么吃坏了肚子，一直没胃口，还想吐，饿得半死，可想吐又吐不出来，巨难受！

上网搜了一下，说可以用筷子伸进喉咙，这样就可以吐出来了！

我握着一双筷子，蹲在马桶边犹豫了半天！刚伸进嘴里，我妈进来了，一下打掉我的筷子，惊恐万分地说："再饿你也不能吃屎啊！"

9. 我和老婆外出就餐。

"啊，你怎么可以挖了鼻屎就抹到桌子下面呢？"她质问我。

"呃，你怎么知道我抹了？"

"这张是玻璃桌……"

10. 有个朋友，每次放屁必定要弄出巨大的声音，然后配一句"是我放的"。对此，他是这样解释的："我不能让我的屁没有妈。"

11. 昨晚喝多了，早上起床袜子少一只，连忙又找了一双新的。

到了晚上，公司请客，给领导倒酒时，那只袜子从袖子里掉到了饭桌上……

12. 两个小伙子去参观一家当代艺术馆，发现在一间现代雕塑展室里只有他们两个人。

看着那些扭曲的铁管、破碎的玻璃和杂乱的形状，其中一个说道："咱们出去吧，别让人家以为是咱们把这儿糟蹋成这个样子的。"

13. 某吃货感冒到医院里看病，医生给他开了点药，并嘱托道："这些药你要空腹吃！"

吃货很为难地说："你能不能换点别的药，我……我什么时候空腹过啊？"

14. 一个穷人来到一位富翁家里，向富翁讲述自己的贫苦，使这位富翁受到了从来没有过的感动。他对仆人说："快把这个穷汉赶出去，他让我的心都要碎了！"

15. 有个富翁临死前对妻子表示，要将全部财产都遗赠给她。

妻子感激地问他在死之前还有什么愿望，富翁说希望能吃一盘火腿。

妻子说："那可不行，那是准备举行葬礼时招待客人的。"

16. 一色鬼死，其子烧了两个纸糊的美女陪葬，他们贪便宜买了纸面不好的。第二天，色鬼给其子托梦："儿子啊，那两个女人有皮肤病……"

17. 晚自习上，老师说："别以为我不知道你们在玩手机，没有人会无缘无故地盯着自己的裤裆傻笑……"

开心囧语，一笑而过

1. 有钱的男人不可靠，没钱的男人不敢靠，做女人真难。

2. 女人的心情，三分天注定，七分靠 Shopping。

3. 我一定要好好保存我上学时的教科书，珍惜每一本被我写过的作业本，等我毕业了全用来当厕纸！

4. 冬天，没有什么比起床更难的事情了，也没有比待在被窝里更让人愉快的事情了！

5. 以前是“此路是我开，此树是我栽，要从此路过，留下买路财。”
现在是“先生你好，×× 元，谢谢。”

6. 怪味辞典：
贵不可言——价格高得不能说。
食不果腹——一种百试不爽的减肥方法。
水火无情——这是在告诉你要戒酒戒烟。
难以置信——邮筒太小了，放不下信。
揭竿而起——鱼儿上钩了。
洁身自好——洗澡对本人有好处。

不明不白——晚上不说话。

7. 初中，你哭了，整个班级围过来问你怎么了；

高中，你难过，几个死党摸摸，告诉你还有我们，没关系；

大学，你哭了，人家会说，这家伙怎么还跟个孩子似的。

工作后，你哭了，人家只会觉得你演技很棒。

逗人小段子，不笑的拖出去斩了

1. 财主写了张纸条，让仆人去酒店取酒，店员一看，就对仆人说："你这张条子有错别字，是'瓶'不是'平'。你拿回去再写张来取酒吧。"

仆人拿回纸条给财主说明情况，财主拿过来看了看，拿起笔把"平"的一竖又加了一挑，说："不要三瓶，就要三'乎'（壶）吧。"

2. 有一家办丧事，去帮忙的秀才发现午饭碗里竟然盛的是红米饭，便对主家说："家有丧事，不能吃红米饭。"

主家问他："这是何故？"

秀才道："红色是喜庆的颜色。"

主家道："难道吃白米饭的，都是家里有丧事吗？"

3. 一个人在饭店桌子上用露水写了"我要做皇帝"五个字。不料，被他的死敌看到了，死敌扛着桌子就到官府控告他谋反。

来到县衙，衙役问他来干什么，他一瞅桌子，什么也没了，便支支吾吾道："我……我扛来问县太爷买不买！"

4. 几个人聊天，一个人说："老李这人坏是不坏，就是办事鲁莽，动不动就发火。"

这话刚好被路过的老李听到，他一脚把门踢开，揪着说他的那个人就打，嘴里还骂道："我啥时候办事鲁莽了，我啥时候发过火了，你给我说

清楚。”

5. 初中晚自习，新来的实习老师小王坐在讲台上看班，因无聊玩起了手机。突然，一学生小声喊道："老师！”小王一惊，条件反射迅速把手机藏到袖口里。然后发现尼玛原来喊的是自己，一抬头学生正惊讶地看着自己，于是他便尴尬地问什么事。学生说："我要上厕所！”刚毕业的大学生伤不起啊！

6. 老婆："如果我们死了，都下地狱怎么办？”

老公："我会请求上帝让你去天堂，我一个人在地狱里！”

老婆："算你有良心！”

老公："我怕我们两个都在地狱，又结为夫妻，对我来说，那才是真正的地狱。”

7. 每次老师上数学课，一说到某个式子的答案等于4。全班就看我（提示：我叫邓钰思）！这也就罢了，今天老师讲到一个式子：2b = 4，全班看我爆笑！老师你故意的是吧？

8. 我和老婆在机场候机，凑一起亲密。老婆伸出手，我亲了一下，她大笑，说上厕所没洗手！当时哥们儿我想也没想，抱老婆一顿亲，大喊："哈哈，爷吃大便没有洗嘴！”当时一阵寒风吹过，机场一片寂静！我恨不得找个洞钻进去！

9. 美女就是三分长相七分打扮，气质就是三分才气七分装蒜，温柔就是三分忍让七分压抑。

10. 今天送女同学回她宿舍，到她宿舍看里面乱糟糟的，便随口说了句："跟鸡窝似的。”随即看到她和她室友脸都绿了，于是我被赶了出来。她们是不是误会了？我真没别的意思啊……

11. 一个拳击馆马上要开业了，朋友们前去参观，大家都指着门口的“欢迎下次光临”，说：“太文气了，换一句有行业特色的。”

开业那天，大家发现“欢迎下次光临”改成了五个字：“有种你再来”。

12. 两个傻子对着天上的月亮在争论，一个说是月亮，另一个却说是太阳。

正在他们争论得不可开交时，正巧来了一个过路人，两个傻子遂问他：“天上的到底是月亮还是太阳？”

过路人答道：“我不是这个村的，不太清楚。”

13. 信访办的李主任上班总是迟到，但处理问题却以快速著称。这天，他照例来晚了，见办公室里一堆人等他，便不慌不忙地坐下，然后说：“你们这些事，事大的我管不了，请直接找法院，事小的不归我管，请回去找单位，没事的就不要在这里围着了，该干什么干什么去。”

14. 一名士兵想溜出兵营，被一名岗哨看见了。岗哨让他出示通行证，士兵说：“伙计，我没有通行证，但我不在乎，我要去城里和女友约会，我必须赴约。”

岗哨拦住他说：“如果你坚持往外闯，我不得不向你开枪。”

士兵耸耸肩：“我妈妈在天堂，爸爸在地狱，女朋友在城里。不管你怎么做，今晚我都会见到一个亲人！”

15. 世界末日前，我和室友打赌，21 号其他地方倒是没什么事，只是宾馆摇得会比较厉害，如果 21 号世界末日没来，我几乎可以预见未来！2013 年 9 月将会是生育高峰……也对未来 2013 年 9 月出生的你说声，恭喜你有一对迷信的爸爸妈妈……

16. 患者："大夫，我咳嗽得很厉害。"

大夫："你多大年纪？"

患者："75岁。"

大夫："20岁咳嗽吗？"

患者："不咳嗽。"

大夫："40岁咳嗽吗？"

患者："也不咳嗽。"

大夫："那现在不咳嗽，还要等到什么时候咳嗽？"

17. 什么叫真爱？真爱就是追了两年都没追上的女孩，突然打电话让在外地打工的我回家结婚，七个多月后老婆生一儿子，我取名——李物。

18. 开学第一天，同学的自我介绍："建议大家对我的长相，理解为主，欣赏为辅。"

19. 我和单位一同事去买苹果，同事是结巴，问老板："苹……苹……苹果多少钱一斤？"

老板回答他："两……两……两块三。"

我同事瞬间就怒了，"我……我……我靠，你学我？"

老板："没……没……没学你。"

两人干了起来，拦都拦不住。

这样，俩人到了派出所。刚从派出所出来，警察便告诉了他俩真相："你俩都是结巴。"

20. 以前一直以为导致婚姻破裂的三大罪魁祸首是外遇、谎言、平淡。但近来，在潜心研究之后，小王发现导致婚姻破裂的真正的三大罪魁祸首是：手机不设密码、保存网上聊天记录、参加老同学聚会。

21. 老公比我大五岁，平时总是妹子长妹子短地叫我，一日看电视，老公又叫上了："妹子，帮我倒点水喝。"我正倒呢，就听五岁的女儿嘀咕："老说我智商低，肯定是因为你们近亲结婚……"

22. 一女同事问："有什么恐怖片吗？推荐一下。"

一男同事答："你可以自己照镜子！"

那女的说："我要那种看着既恐怖又特别恶心的！"

那男的淡定地回答："你可以一边吃屎一边照镜子。"

23. 脱衣女郎："干我们这一行，看病的时候最不划算！"

妇科医生："怎么说？"

脱衣女郎："平常我们脱给客人看，还有钱好拿，在这儿脱给你看，不但没有钱拿，还得给你付钱。"

妇科医生："……"

24. 内向的汤姆，在酒吧里看到一位容貌美丽、气质高雅的女子。犹豫了很久之后，他终于鼓起勇气，走近她，低声问："我能和你谈谈吗？"只听女子高声叫了起来："不，我不和你睡觉！"整个酒吧的人都把目光盯到他俩身上，汤姆非常尴尬，红着脸一言不发，退回自己的座位。

过了一会儿，那位女子走到汤姆身边，低声道："对不起，我是心理系的学生，刚才我只是想试验一下，人们在极度尴尬的情况下反应如何。"汤姆高声叫道："你要 200 美元？太贵了！"

25. 在美国寻金热那个时代，一个巡回演出的高尚剧团，想带一点文化到西部，他们面对着一群粗俗的观众演出戏剧。有一幕是演女主角死掉了，男主

角很伤心地说："我该怎么办呢？我该怎么办呢？"楼上厢座立刻有人大叫："趁她的身体还没有冰冷之前，赶快和她做爱！"这句粗俗的话把整个气氛都破坏了。所以第二天，剧团的经理跑去找警长，告诉他这个剧团本来想带给当地人一些高尚的娱乐，可是观众们粗鲁的表现破坏了一切气氛。警长向经理保证不会再有麻烦发生。第二天晚上，警长亲自带了两把枪，坐在第一排，一切都很顺利，直到有一幕，男女主角表现得很热情，男主角吻了女主角，然后对她说："啊！世界上还有什么东西，比你的红唇更甜蜜呢？"就在这一刹那，警长一跃而起，挥舞着双枪对观众说："要是哪个王八蛋敢说是女性胸部的，我就一枪毙了他！"

26. 一对夫妇外出度蜜月回来。朋友问那男的："快乐吗？"男的说："快乐！"朋友又问那女的："快乐吗？"女的答道："乐是乐，就是快了些！"

27. 深夜，王老师批改完最后一份试卷，疲惫地拧开了收音机，想听听音乐放松一下。收音机里传来了 DJ 的声音："××中学高三年级×班全体同学一同把这首歌奉献给他们敬爱的王××老师听，感谢他多年来给他们出了无数道练习题（尤其是今年），使他们得到了宝贵的练习机会……"听到这儿，王老师的眼睛湿润了，疲惫的脸上露出一丝欣慰的笑意。DJ 又继续说："现在，就让我们一起来听这首歌，李惠敏的《你不会有好结果》……"王老师两眼翻白，口吐白沫，翻倒在地。

爆笑糗事，幽默到骨子里

1. 一壮男演员，老婆非常漂亮，这天拍片结束匆匆回家，见家门紧闭，敲门，好半天老婆才开门，但神色慌张，他进屋后仔细检查，最后在卫生间见到一裸体男人，举拳要打，那裸男说道："大哥别打，我是和楼上的女人偷情，见他男人回来，顺管道爬下来的。"壮男演员很同情，给其找来衣服，并客气地将之送走。然而睡至半夜，拎起老婆，"啪啪"打了两个耳光，因为他突然想起他家住的是平房。

2. 一游泳教练性格直爽，而且嗓门大。一日，他在商场看到一个女学员，于是大声说："你穿上衣服后，我还真的认不出了！"

3. 一哥们儿开车在路上跑，一辆宝马追上来，车主探出头来问："嗨，哥们儿，你开过宝马吗？"这哥们儿一听大怒，有辆宝马有什么了不起？我就不信开不过你。一加油门，超了过去。一会儿，宝马又赶上来了，车主仍然小心翼翼地问："哥们儿，开过宝马吗？"他当然又是一脚油门蹿到了前头。正跑得欢呢，就听后面"咚"的一声，车子被撞了。下车来看，却见正是刚才问自己开过宝马没的那主儿。那人有气无力地说："哥们儿，我就是想请教你宝马的刹车在哪里？"

4. 地理课上，地理老师说："今天讲巴西，巴西在哪里呢？在课本第 55 页……"

5. 突然感觉单身挺好的。有对象的男孩纸们，你们的黑色十二月到来了。先是平安夜 + 圣诞节 + 元旦。三连杀。紧接着就是新年 + 情人节。两连杀。五连杀后生活水平退到解放前。

6. 偶患小疾，去社区诊所，看到门口挂一告示牌：今天因网络故障，停止营业一天。我百思不得其解，诊所和网络有什么关系。

7. 传 Google 欲收购百度重返大陆，新公司起名为：谷得百。又传，谷歌收购的是耐克，新公司叫：谷得耐。听到这个消息，歌手毛宁表示情绪很不稳定。

8. 有个美国人千辛万苦集齐了七颗龙珠，神龙华丽丽地出现："你有什么愿望吗？"美国人愣了愣："Can you speak English?"神龙："Sure。"然后神龙就走了。

9. 某天，校长在上课前随便走进一间教室准备听课。终于铃响了，地理老师拿着地球仪走进教室放在讲台上，回过礼后便道："同学们看看教室多了个什么东西呢？"学生齐答："校长。"地理老师怒道："校长是东西吗？"学生："校长不是东西。"

10. 奶奶今年 94 岁了，冬日的阳光下，我扶着她慢慢地走，我说："奶奶，你还记得吗，小时候，表哥们去你房里偷糖吃从来偷不到，我去每次都有办法偷到。"奶奶停了下来，慢慢地说："小四，你家最穷啊……"

11. 长大之后，看到波涛汹涌四个字再也联想不到大海了。

12. 一个美国老太太一向不大相信医生，从来不去看医生。可是有一次，她不得不去请医生替她诊治。

事后医生对她说："两星期后请你再来一次。"

两星期后她准时到了，却拒绝付诊金，她说："先生，奇怪了！！这次是你请我来的呀！"

13. 今天街上见媳妇儿跟哥们儿说：以后让我老公少喝点吧，昨天晚上半夜我听见儿子哭得嗷嗷的，起来半天找不到人，只见我老公抱着枕头，枕着儿子……

14. 老夫妇去拍照，摄影师问："大爷，您是要侧光，逆光，还是全光？"大爷腼腆地说："我是无所谓，能不能给你大妈留条裤衩？"

15. 公司的数据库忽然坏了，报出一些稀奇古怪的错，公司没人能搞定，老板很着急，叫我到办公室，说："你赶紧在招聘网站和猎头那里发布一个DBA职位，年薪50万。"我大吃一惊："50万？"老板点点头："你负责面试，就问他怎样恢复我们的数据库，另外，切记！不管能不能答出来，都把他拒了！"

16. 到学校门口买水果。一个摊位的生意很火，我过去看了看，走近了听见那边喊的是："橘子大减价啦，一块钱两斤，两块钱三斤，三块钱四斤……五块钱六斤，快来买呀。"一群大学生，全都在买五元六斤的。

17. 和爸妈一起逛街，看到妈妈的鞋带松了，我叫住妈妈，蹲下去帮妈妈重新系一下，只听到妈妈向爸爸打趣："小时候给他系了一百次鞋带，现在收回一次，这买卖还算划得来啊……"

18. 机场里一个姑娘对着登机口跪地大哭：“你为了国外的生活，就可以这么抛弃我吗？连最后一面都不肯见我就偷偷跑掉，有种你走了就别他妈回来！”

一名工作人员走过来扶起姑娘：“对不起姑娘，这是国内航班……那啥，你哭错口了。”

19. 饭毕，躺床上看电视，对洗碗的老公叫：“老公，去洗枣！我要吃！”过了 10 分钟，他裹了个浴巾进来了！！

20. 你对一个人说“其实……”然后停顿一段时间，再说“算了，没什么……”此人会纠结一夜的，百试不爽！

21. 今天宿舍一哥们儿心情不错，唱着歌回来了，“小燕子，穿花衣，年年春天来这里，我问燕子你为啥来，燕子说，这里滴——山路十八弯。”卧槽！他居然就这么接着唱下去了，剩下我们几个蛋碎了一地……

关于韦小宝同志工资标准问题的请示

根据上级关于机关事业单位涨工资的指示精神，我单位涨工资工作在上级的正确领导下，在全体太监配合下，具体承办人员努力下，基本完成工作任务，取得阶段性成果。

但是，应当看到，由于具体情况的复杂和经验不足等原因，还存在一定问题，特别是韦小宝同志工资由于历史遗留问题，难以解决，韦小宝同志多次向单位反映，并到有关部门上访，为保持稳定，维护来之不易的安定团结的大好局面，应当尽快解决韦小宝同志工资问题，现将有关情况报告如下：

一、韦小宝同志工资问题的历史原因。韦小宝同志曾用名小桂子，原为御厨房太监，任尚膳司副总管海大富同志秘书，工人身份。擒鳌拜过程中作出突出贡献，聘任为聘任制干部，级别为正六品，后在处理太后与海大富之间矛盾问题上立场坚定，旗帜鲜明，提拔为尚膳司副总管，级别为正五品。我司为正五品事业单位，韦小宝同志应享受单位正职工资，已按有关政策核定工资标准并记入档案，但用的是小桂子的名字。

后因革命斗争的需要，韦小宝同志改用现在的名字，并因工作突出，被提拔为御前侍卫副总管、骁骑营副都统、都统，征俄罗斯任抚远大将军，因都是企业单位，韦小宝同志不愿将关系调出，档案一直放在我司。在五台山学习并主持清凉寺工作期间，虽也是事业单位，但韦小宝同志不愿放弃北京户口，因此也没办理调动手续。后韦小宝同志继续发扬稀里糊涂混到底，两面三刀不吃亏的精神，歪打正着，福星高照，不断得到提拔，先后被任命为子爵、忠勇伯、通吃伯、通吃侯、鹿鼎公等，但都是非领导职务，按照调入机关必须任副科级以上实职的要求，也不能调入，不能与工资挂钩。因此，韦小宝同志关系一直在我司。韦小宝同志赴云南考察工作期间，其住宿费超标准部分及餐费由地方负担，但其差旅补贴、住宿费及住勤补贴均在我司报销可为依据。目前韦小宝同志工资标准存在较严重问题，按政策调整部分用小桂子名字，因无刑部出具的更名手续，韦小宝不能享受，用韦小宝名字得到的职务，因没办理调动手续，未记入档案，也不能与工资挂钩，干部身份也没有解决，因此，韦小宝同志一直拿办事员太监工资，与韦小宝同志贡献不符。韦小宝同志工作期间一心扑在工作上，对此没有计较，退休后在撮麻间隙中醒悟，越琢磨越不对，多次信访和上访，但问题没有得到解决。

二、解决韦小宝同志工资问题的必要性。第一，是保持稳定的需要。韦小宝同志提出涨工资的要求，合乎情理，只是有关部门掌握政策比较严格，容易挫伤人的积极性。且韦小宝善于无理取闹，又与某同志关系较好，如其要求不能满足，可能带来意想不到的问题；第二，是奖励韦小宝同志突出工作的需要。韦小宝同志在我司工作期间，工作认真，发挥了模范带头作用，特别是任副总管期间，克服资金少、人手紧、任务重的困难，圆满完成各项任务，并巧立名目，创造性提出向宫女收取美容费、向小太监收取壮阳费的办法，有效解决了资金不足的问题，保证了工作任务的完成。第三，是解决韦小宝同志当前困难的需要。韦小宝同志一贯清正廉洁、作风严谨，因此退休后生活比较清苦。有群众举报韦小宝同志有贪污公款、收受贿赂、敲诈等问题，经刑部、督查院、大理寺三部门联合组成的调查组深入调查，并在韦小宝同志主持的工作餐期间与韦小宝同志认真交谈，认为韦小宝同志总体来说是好的，尽管赴云南期间有超标准接受宴请问题、赴台湾期间有接受土特产品问题等，但都是小节问题，韦小宝同志已有深刻认识且表示下不为例。因此，韦小宝同志的问题，应属于人民内部问题。且韦小宝同志一贯坚持原则，难免有些人会以此中伤韦小宝同志，破坏安定团结的大好局面。韦小宝同志退休后生活比较困难，除夫人阿珂、管家苏荃编制调入我司，不上班领取工资外，厨师方怡、文字秘书沐剑屏、生活秘书庄双儿自谋职业，会计建宁、保姆曾柔下岗领取失业救济。韦小宝同志住房紧张，仍是八人同用一间卧室，客厅80平方米仅有两台空调。在如此困难的情况下，韦小宝同志仍保持革命本色，两次为台湾救灾捐款，并每年拿出一两银子捐助希望工程。

为此，建议给韦小宝同志落实工资，按正五品套改，并补发以前所欠工资。

当否，请批示

太监办尚膳司

有点二，有点雷，想笑别忍着

1. 晚上出去遛弯，走过路口，路边停着一溜车。一个中年型男一身西装，派头十足走到一辆奥迪面前，掏出钥匙，一按解锁。奥迪前面一辆快散架的电动车立时响了两声，于是中年型男潇洒地上了电动车，绝尘而去。

2. 女朋友至今没有耳洞，今儿问我要不要去打？我说你不是怕疼不打吗？她说，我室友说了，不打耳洞的话，结婚的时候少件首饰……好吧！你室友说得对……

3. 昨天下午，老公骑摩托带着我，我抓着他衣服。走着走着，他低头看了看我的手，说："把手装我衣服兜里。"我嘚瑟地说："哟，还知道心疼我，怕我冷啊？"二货老公回答说："我兜里装着烟，怕掉。"

4. 楼下有只流浪狗，平时除了在垃圾堆里觅食，其余时间就一直忧郁地晒太阳发呆。但最近没见到它，失踪蛮久。今天听小店老板说它被主人带回去了，我还很高兴它被主人找到，结果老板说不是的，主人知道它在这儿，它也知道家在哪儿，它只是不想和家里的母狗待一块儿，逮到机会就逃，最近可能太冷了，先回去过冬了。

5. 二战初期，美军降落伞合格率为 99.9%，每 1000 个就有 1 个发生事故，军方要求必须达到 100%。于是军方改变了质检制度，从每批降落伞中随机挑出一个，让厂商负责人亲自从飞机上跳下。奇迹出现了，合格率很快达到100%！——启示：解决食品安全问题，关键在于取消特供。

6. 儿子在唱："世上只有妈妈好……"看了他老爸我一眼，接着唱，"爸爸也不错……"

7. 跟老公闹别扭了，打他电话，他接了说："对不起，您拨打的电话已关机。"然后那边沉默了一会儿说："Sorry……"我欠欠地说："有本事接着说啊！"四级没过的二货伤不起。

8. 小外甥在儿童乐园玩儿，我进去陪同，旁边一帮小孩，无聊做了很二的调查，基本上孩子都是妈妈生的，也有充话费得的，抽奖得的，树上结的，土里挖的，部分古老的是垃圾堆捡的，不过我最欣赏那个萝莉的描述，话说她妈妈在路上走，犬夜叉突然出现，浑身是伤，交给她一个婴儿让她抚养…

9. 中午吃饭，七岁的儿子不听话，争辩中气得我一下子站起来说："我是你爹！"

儿子也站起来，说："你有证据吗？"

10. 一对情侣在公园里接吻，旁边，一小孩一直看一直看，然后这男的说："小朋友，我给你一元钱去买东西吃，别看了好吗？"

这孩子随手从兜里拿出一元钱说："我给你一元钱，你再让我看会行吗？"

爆笑段子，让你笑到满血复活

1. 这天，老板询问收款员货款的情况。

老板：让你带大猩猩出去帮你催款，怎么样，有效果吗？

收款员：有好消息也有坏消息。今天收的款比我平时一个星期收的还要多。

老板：那么还有坏消息呢？

收款员：钱还在大猩猩手里，我要不回来了。

2. “您好，要哪位发型师为您服务呢？ Kevin 老师 Jack 老师 Eric 老师还是 Lucy 老师？”

“我都不认识啊，就 Lucy 吧。”

“嗯好的您稍等。Lucy，10 号客人要理发，Lucy！ Lucy！ Lucy！ TMD 刘二蛋子！有人要剪头！”

“啊！来了！"

3. 某人慌慌张张地跑到保险公司，对工作人员说：“请帮我马上办理财产保险。”

工作人员问：“你怎么这么急呢？”

他怒道：“废什么话，房子都冒烟了，能不急吗？！”

4. 医院换了新领导，自然就有了新规定：不准在办公室里吃早餐。

偏不巧，一同事被新领导逮了个正着。

领导厉声质问。

他硬着头皮说：“我……我在给胃里注射食物呢。”

5. 研究所里，某科室想买个冰箱存放试验样品，他就给上级打报告，结果没批。科里的老职工杨工看到了，就给科长建议道：“你把‘冰箱’换成‘人工智能温度调节器’试试。”

6. 妻子想给丈夫送上一份生日惊喜，于是特地为丈夫买了束玫瑰。“知道为什么吗？”妻子递上玫瑰花含情脉脉地问。

丈夫犹豫了一下，小心翼翼地问：“你是怎样知道我彩票中了1000万的？”

7. 沙丁鱼甲邀请沙丁鱼乙去城里玩。

沙丁鱼乙：“我们坐什么车去？”

沙丁鱼甲：“海底地铁。”

沙丁鱼乙：“那我不去了，那儿挤得像人一样。”

8. “大哥，算命不？”

“咋？你是算命的？”

“可不咋的！”

“准不？”

“老准了！”

“哦。那你就没算出来我TMD也是算命的？”

9. 如今，没结婚的像结婚的一样同居；

结婚的像没有结婚的一样分居；

动物像人一样穿着衣服；

人像动物一样露着肉；

小孩子像大人一样成熟；

大人像小孩子一样幼稚；

女人像男人一样爷们儿；

男人像女人一样娘们儿；

没钱的像有钱的一样装富；

有钱像没钱的一样装穷；

情人像夫人一样四处招摇；

夫人像情人一样深居简出。

10. 从前有一个美国人因为生意上赚了些钱，就想要去加拿大打猎，于是他来到了一家狩猎中心，跟狩猎中心的主人租了一只猎犬，他问这只猎犬叫什么名字，狩猎中心的主人告诉他说，这只猎犬的名字叫“业务员”。因为这只名叫“业务员”的狗，会叫，会跑，而且看到猎物穷追不舍，绝不放弃。

结果几天下来，这个美国人真的大有所获。非常高兴地回家。

又过了几年，这个美国人又在生意上赚了大钱，又想到加拿大打猎，于是他又来到了这家狩猎中心，同时他又向这个狩猎中心的主人要求要租那只叫“业务员”的狗，但是狩猎中心的主人告诉他说，这只叫“业务员”的狗，因为业绩太好了，它现在改名叫“经理”。现在它只会在角落叫而已，其他什么都不会了。

11. 一个给农场喷洒农药的飞机驾驶员不小心把飞机撞到了电线杆上，结果把机翼给撞坏了。

回来后农场主狠狠批评了他，威胁要辞退他。

郁闷了一天的他一下班就来到农场附近的一家酒馆，对服务员喊：上一杯啤酒。

啤酒上来后，他一尝，竟然热乎乎的，他怒道：“没有冰啤酒吗？”

服务员："对不起先生，上午有个白痴开飞机把电线杆给撞倒，我们已经停电快一天了。"

12. 两只小燕子在空中低低地飞着。

其中一只小燕子说道："天要下雨了。"

另一只很怀疑，问道："你怎么知道天要下雨呢？"

第一只燕子回答道："你没听人说，燕子低飞要下雨吗？"

13. 语文测验，有一道填空题：请问《背影》和《春》的作者分别是谁？

某生一概不知。

填第一个空时，他悄悄问同桌，答曰："朱自清。"

填第二个空时他又问，答曰："还是他。"

于是，他在考卷上填上"还是他"。

14. 下班回家路上，和老公聊到管教孩子的问题。老公说他的朋友们都很惯孩子。我说："没准咱们有孩子了，你惯得比谁都厉害。"他是这么回答我的："这一点你放心，绝不可能！就我们一大家子数下来，个个都是棍棒下打出来的！"我用鄙视的眼神看着老公，他继续说："还真有一个是'惯'出来的。"我窃喜，只听老公语出惊我："我叔家的儿子就是灌大的，他一调皮，我叔就灌他！"我……

15. 同事老范爱抽烟，但特别吝啬，别人每天都会在办公室发烟，他从来都是偷偷地抽自己的。

那天，一同事在办公室发烟，老范向平时那样伸出两根手指，可同事却从他身边绕了过去。

老范尴尬之余，忙替自己解围："我……我 2 号出差。"

16. 我最近感觉不舒服，下午请假去了医院检查身体，下午回来兴高采烈地宣布："医生说啥事没有，可能就是最近太累，休息休息就好了。"

同事问道："检查花了多少钱啊？"

我："五百多吧。"

同事笑着说："挺好，难得有这种白花了钱还这么高兴的时候。"

17. 阿强买了一只鹦鹉，想让它学会文明用语，于是每天早晨经过鹦鹉时都说一声：早安。

这天早上他的精神有些不太好，经过鹦鹉时什么也没说，这时只见鹦鹉冷冷地瞪着他怒道："喂，你今天怎么啦？这么没礼貌。"

18. 一年轻人总觉得工作不顺心，老董事长微笑着听完他的抱怨，拿起一个生鸡蛋放桌上，鸡蛋滚地上碎了。

老董事长又拿起一个如法炮制。当拿起第三个蛋的时候，年轻人恍然大悟地说："我明白了，您是说只有熟鸡蛋才能立起来。"

老董事长和蔼地吐了一口烟圈："我的意思是不愿意干就滚蛋。"

19. 一天，一只瘦弱的小毛毛虫被漂亮的喜鹊小姐发现了，它连忙哀求道："请不要吃我，我可以告诉你我同伴的住处，它们比我肥美得多呢。"

喜鹊小姐回答道："不必了，我正在减肥。"说罢便把小毛毛虫一口吃掉了。

20. 某同学上课的时候睡觉，老师愤怒，将其罚站，还说"你要是乱动就站一上午"，因为夏天有蚊子，正有一只蚊子向他飞过来的时候，他迅速吐了一下舌头，还发出滋溜声，正巧被老师看到，老师愤怒，说："你干什么？！""有蚊子……""有蚊子你吐舌头干吗？""我模仿青蛙吓吓它。"

21. 一个国家的宇航员决定去火星考察，但是害怕出意外，所以派了一个猴子上去了。

猴子回来后，带了三个动作：第一是捶自己的胸部；第二是前进的动作；第三是把眼睛蒙住了。

最后，科学家翻译了半天才得出结论："去TMD，飞得太快，什么也没看清。"

22. 甲：你说为什么外国的酒是黑色的?

酒厂经理：这还不简单，要是有老鼠屎掉进去，就发现不了了！

甲：那中国酒为什么是白的?

酒厂经理：这更简单了，就是有老鼠屎掉进去了，我们就说那是酒糟呗！

23. 鹦鹉说话竞赛中，获得第一名的鹦鹉从笼子里走出来，四面张望了一下，大声叫道："这儿为什么有这么多的鹦鹉？"

24. "我的汽车轮胎又破了。您是搞公路修建工程这一行的，告诉我，我们的公路怎么这么差？"

"是啊，说起公路来，问题大着呢。一次，一位外国专家骑着摩托车到我们这里来。他见了我们的公路诧异万分，说：'你们出产的摩托车那么好，而公路却坏透了，这是怎么回事？'我们的一位上司说：'这问题非常简单，摩托车能够出口，而公路却不能啊！'"

面试中的一加一等于几?

某公司招聘现场，考官向面试者出题：一加一等于几?

第一位面试者回答：等于 2。

未录用，理由：思维单一，墨守成规。

第二位面试者回答：等于 3。

未录用，理由：先天痴呆，智力缺陷。

第三位面试者回答：等于 1。

未录用，理由：疯疯癫癫，精神障碍。

第四位面试者回答：反正不等于 1。

未录用，理由：模棱两可，心眼太多。

第五位面试者回答：等于王。

未录用，理由：标新立异，难于管理。

第六位面试者回答：算对的情况下等于 2，算错的情况下等于 3。

未录用，理由：墙头草，随风倒。

第七位面试者回答：领导说等于几就是几。

未录用，理由：趋炎附势，溜须拍马。

第八位面试者犹豫许久未回答。

未录用，理由：瞻前顾后，优柔寡断。

怎样才能嫁给有钱人？

一个年轻漂亮的美国女孩在美国一家大型网上论坛金融版上发表了这样一个问题帖：我怎样才能嫁给有钱人？

“我下面要说的都是心里话。本人25岁，非常漂亮，是那种让人惊艳的漂亮，谈吐文雅，有品位，想嫁给年薪50万美元的人。你也许会说我贪心，但在纽约年薪100万才算是中产，本人的要求其实不高。

这个版上有没有年薪超过50万的人？你们都结婚了吗？我想请教各位一个问题——怎样才能嫁给你们这样的有钱人？我约会过的人中，最有钱的年薪25万，这似乎是我的上限。要住进纽约中心公园以西的高尚住宅区，年薪25万远远不够。我是来诚心诚意请教的。有几个具体的问题：一、有钱的单身汉一般都在哪里消磨时光？（请列出酒吧、饭店、健身房的名字和详细地址。）二、我应该把目标定在哪个年龄段？三、为什么有些富豪的妻子看起来相貌平平？我见过有些女孩，长相如同白开水，毫无吸引人的地方，但她们却能嫁入豪门。而单身酒吧里那些迷死人的美女却运气不佳。四、你们怎么决定谁能做妻子，谁只能做女朋友？（我现在的目标是结婚。）”

下面是一个华尔街金融家的回帖：

“亲爱的女士：我怀着极大的兴趣看完了贵帖，相信不少女士也有跟你类似的疑问。让我以一个投资专家的身份，对你的处境做一分析。我年薪超过50万，符合你的择偶标准，所以请相信我并不是在浪费大家的时间。

从生意人的角度来看，跟你结婚是个糟糕的经营决策，道理再明白不过，请听我解释。抛开细枝末节，你所说的其实是一笔简单的‘财’‘貌’交易：

甲方提供述人的外表，乙方出钱，公平交易，童叟无欺。但是，这里有个致命的问题，你的美貌会消逝，但我的钱却不会无缘无故减少。事实上，我的收入很可能会逐年递增。而你不可能一年比一年漂亮。

因此，从经济学的角度讲，我是增值资产，你是贬值资产，不但贬值，而且是加速贬值！你现在 25 岁，在未来的五年里，你仍可以保持窈窕的身段，俏丽的容貌，虽然每年略有退步。但美貌消逝的速度会越来越快，如果它是你仅有的资产，十年以后你的价值甚忧。

用华尔街术语说，每笔交易都有一个仓位，跟你交往属于‘交易仓位’(trading position)，一旦价值下跌就要立即抛售，而不宜长期持有——也就是你想要的婚姻。听起来很残忍，但对一件会加速贬值的物资，明智的选择是租赁，而不是购入。年薪能超过 50 万的人，当然都不是傻瓜，因此我们只会跟你交往，但不会跟你结婚。所以我劝你不要苦苦寻找嫁给有钱人的秘方。顺便说一句，你倒可以想办法把自己变成年薪 50 万的人，这比碰到一个有钱的傻瓜的胜算要大。”

给吃货的俏皮情书

喜欢你的头发，就像德芙巧克力般黝黑发亮，宛若夜空。喜欢你的眼睛，就像宰相肚子一样大，还像喜之郎果冻一样闪闪发光，宛若星辰。喜欢你的双唇，就像豆腐脑一样柔嫩欲滴，更像富士苹果一样艳红，恰似骄阳。喜欢你的性格，就像跳跳糖一样活泼灿烂，一如春风。

你不知道的，其实你笑得就像哈根达斯一样甜，使我常常傻子般凝视你。你问我为什么喜欢你，难道你真的不知道，黑黑的我和白白的你在一起，就像牛奶加上巧克力一样般配，就像黑面包配牛奶一样必然，我们是天生的一对！

和你在一起是我最幸福的事，牵着你那无骨鸡柳般柔软的手，我就感到百事可乐。你一对我撒娇，我的骨头就会变得跟鸡蛋沙琪玛一样酥。你可知道我是多么地不愿视线里没有你，即使小别，对你的牵挂就像两片必胜客比萨被拉开一样丝丝缕缕。

我知道自己的脾气，像压缩饼干一样又冷又硬，常常惹你生气，其实那并不是我的本意。可是那次，你真的生气了，不仅不理我，还和别个男人笑骂嬉戏。你有没有想过，当时我的心里就像喝了立顿柠檬茶一样带点酸，我知道，那是妒忌。你也不看看那个男人！就像大白兔糖一样奶油，一看就知道不可靠，一定不适合你！

可是你还是赌气要和我分手，你知道吗，我的心在那一刻就像蛀牙啃到硬骨头一样阵阵剧痛！我是多么怀念我们那如同加州彩虹大蛋糕般的快乐时光啊！

幸运的是我把握住了最后的机会，紧握着你的手对你说：就像胃痛时需要吗叮林一样，我需要你！那时我是真心的，只是没有找到更好的话语！

现在我才知道你是在和我赌气，你让我非常紧张！在那段没有你的日子里，就像鸟窝咖啡没加糖一样苦。你让我好担心啊！你知道我是多想和你组成鸟窝 1+2 的幸福家庭吗？！

真的，我对你的爱就像康师傅方便面一样绵绵无绝期！

就算刚才我提到的所有东西放在我面前让我在你和它之间作抉择，我会毫不犹豫地选择吃饱了再理你——水果拼盘！

彪悍女流氓语录

1. 被某个装13知识分子问到关于我选男人的品位和我的艺术品位，我说："一个唱二人转的老爷们儿和一个唱歌剧的老爷们儿同时追我，那咱绝对是选唱二人转的啊！"于是知识分子不说话了。

2. 我哪有空跟你玩啊，像我这样的大牌，今年档期早都排满了，我有好多好多电影、电视剧、广告要……看啊……

3. 别傻了，人家巴黎那气质真不适合你，近点儿说就连巴厘岛都不适合你，你还是乖乖去药店买点儿巴豆，回家吃了清清肠，然后窜窜稀，你就知道哪儿最适合你了，对，这就是你那梦想和你那现实，梦想不实现那都是因为不够现实。

4. 我一定是我爸长得最丑的那颗精子和我妈长得最丑的那颗卵子结合的产物。

5. 如果我的人生是一部电影，你就是那弹出来的广告。

6. 我爸手机铃声巨大巨震撼，咣咣的每回响都吓得我心惊肉跳的，上回我实在没忍住，就喷出来一句："我靠！我说爸您能不能把手机铃声调小点儿啊！你亲家母的！"

7. “你朋友跟你说什么话通常会让你很感动？”我想了想说：“就那句——还是我来付钱吧。”

8. 在这个世界活着，总有种走到房后茅坑的错觉——每天都遇见那么多一坨一坨又一坨的自以为是人的屎。

9. 每个人的生活都是大爷，并孙子着。

10. 姑娘们啊！哪有那么多白马啊？找个驴凑合凑合得了，别等到有一天驴都被抢没了，剩一堆骡子，连繁育下一代都没戏啦！

11. 哎，我说这位大哥，我不是草船，你的贱不要往我这儿乱发！

12. 昨天中午跟同事在食堂吃饭时候讨论我们几个的身高：我被冠以夜用加长型，她自己是日用的，旁边的一个一米五多的同事说那我呢？我是啥？我们俩异口同声地说：你是护垫。

13. 人要是犯起贱来基本都是一厢情愿而心甘情愿的，所以要么你就停，要么就别瞎抱怨！

14. 每个女人只能萝莉那么两年，而每个男人都能大叔很长很长时间！

15. 俩人彻底分手了之后，任何一方在对方每年生日时发短信送祝福以此证明你看咱俩虽然分手了但是我还记得你，甚至还记得你生日——这是完全没有必要的狗屎行为，你把人家当烈士陵园了？

16. 世界上每天都有比你牛或者比你惨的人死去，而你还活着——你得这么想。

17. 你是我猜不到的不知所措，我是你想不到的无关痛痒。

18. 别老自以为是好马，成天嚷嚷着不吃回头草，有时候你不吃回头草你小样儿的会饿死，你前方的草说不定早都让跑在你前头的别的好马回头吃掉了，况且也不是你跑了一千里找草你就是千里马了，即使你是千里马，人家伯乐现在都 TMD 买车了。

19. 光长着一双发现美的眼睛还不够，关键是你那眼睛必须还得能发现自己丑。

20. 你不要太贪心了，哪儿有那么多花起钱来是 LV 级别的，上起床来是 AV 级别的老爷们儿给你使啊？！

21. 那些真正对你好过的人，无力改变现状所以不得不无奈自愿离开你视线的时候总是会说："我会一直在你周围，你看不见我，但是你一召唤，我马上就能出现。"同样无力改变现状的你也多想对他说："我是多么希望你一直能待在我能看得见你的地方啊，TMD。

22. 世界上的一切问题，都能用"关你屁事"和"关我屁事"来回答。

23. 活着不是硬道理，活着并硬着才是道理。

24. 甜言蜜语听多了会导致糖尿病。

25. 爱变成婚姻，无非是慢慢地把感受变成忍受，其中还可能夹杂无法预料的承受。

26. 世界上的鲜花多了去了，你要不见到牛粪就插一下，根本没人能注意到你。

27. 什么都在涨价，就是人越来越贱。

28. 生活如果可以简单到饿了就吃，困了就睡，不想工作了就放空，有欲望了就找个姑娘，没姑娘就自己想法儿把自己搞大，看谁顺眼就直白地说俺稀罕你，看谁不爽就直接地骂你真傻缺……生活如果永远不用拐弯抹角该多好。

29. 老子 S 号的心住不下 XXXL 的你了。

30. 我有个女性朋友可以同时和三四个男人维持关系，然后总跟我抱怨找不到真爱，真想告诉她：小说和电视剧里三心二意的婊子们也都是一心一意之后才找到真爱的。

31. 你原来在我心里，后来慢慢你就跑到我胃里了，再后来我把你消化了，你就跑我大肠里了，最后你变成了一个屁，然后我就把你放了。

32. 某男童鞋给我发了句：哄女人像挂 Q 一样，每天至少两小时，达到一定的天数后就可以太阳了。我回：人家一个月花 10 块钱的超级 QQ 用户挂 QQ 还能 1.6 倍升级呢，还得有钱，知道不?！

33. 不要跟装逼犯挨太近，要是咣当劈下来个分叉儿的大雷，容易把你也劈中。

网友恶搞陈欧体，逆天啦

原版：

你只闻到我的香水，却没看到我的汗水。你有你的规则，我有我的选择。你否定我的现在，我决定我的未来。你嘲笑我一无所有不配去爱，我可怜你总是等待。你可以轻视我们的年轻，我们会证明这是谁的时代。梦想，是注定孤独的旅行，路上少不了质疑和嘲笑，但，那又怎样？哪怕遍体鳞伤，也要活得漂亮。我是陈欧，我为自己代言！

胖子版：

你只看到我一身肥肉，却没看到我拼命减肥。你有你的骨感，我有我的丰满。你嘲笑我脂肪太多不配穿比基尼，我可怜你瘦得衬不起。你可以看见什么吃什么，时间会证明这是谁的地狱。减肥，是注定痛苦的旅行，路上总少不了打酱油，但，那又怎样？哪怕是死，也要坚持。我是减肥的死胖子，我为自己代言！

女神版：

你只看到我在呵呵，却没看到我的悲伤。你有你的五姑娘，我有我的高帅富。你羡慕我是女神，呵呵干嘛去洗澡。我嘲讽你一无所有，只有右手跟dota。你可以唾弃我们的轻浮，我们会证明这是谁的时代。所谓屌丝逆袭只是笑话，木耳再无回粉时却是空话。女神是注定孤独的旅行，路上总少不了嫉妒和嘲笑，但，那又怎样？哪怕受尽白眼，也要“啪”得漂亮，我是女神，我为自己代言！

麻将版：

你只看到我现在放炮，却没看到我努力下叫。你嘲笑我二五八万都胡不到牌，我可怜你不懂自摸艰辛的等待。你可以藐视我的牌技，但不要鄙视我的手气。行走麻坛注定是孤独的旅行，路上少不了质疑和嘲笑，但那又怎样？哪怕一炮三响也要打得漂亮。我是老麻雀，我为自己代言！

三国杀版：

你只看到我杀主，没看到我死忠。你有你的规则，我有我的心情。你否定我的打法，我决定你是否能赢。你嘲笑我不会内奸不配三国杀，我可怜你只会骂人。你可以轻视我的存在，我证明我会让你抓狂。内奸是注定孤独的旅行，少不了质疑和嘲笑，但那又怎样？哪怕遍体鳞伤，也要内得漂亮。我是内奸，我为自己代言！

吃货版：

你只看到我在品尝美味，却没看到我为吃疯狂。你有你的态度，我有我的坚持。你嘲笑我整天只知道吃，我可怜你不懂人世间色味俱全的完美。你可以不支持，但我会证明有美食的人生才够完整美丽。吃货是注定勇敢的旅行，路上总少不了艰辛，但那又怎样？我微笑面对活出精彩。我是吃货，我为自己代言！

孙悟空版：

你只看到我的七十二变，没有看到我的执着无奈。你有你的佛法，我有我的反叛，你讽刺我无所忌惮，我不屑你位列仙班。你可以轻视我八十一难，但我要打碎这个模板。取经是注定孤单的旅行，路上少不了妖魔和鬼怪，但

那又怎样？即使菩萨点化我也初心不忘。我是行者，吃俺老孙一棒。

儿媳版：

你只看到我的大大咧咧，却看不到我的温文尔雅；你有你的成熟老道，我有我的卖萌扮俏；你有叽叽喳喳的妇女陪伴，我有青春活泼的闺蜜相拥；你说我娇生惯养，不配去当家庭主妇，我可怜你只做家务，却没激情的生活；你可以轻视我的娇弱；我会告诉你，这是年轻的时代！我是未来儿媳妇，我为自己代言！

甄嬛版：

你只看到本宫的寿康宫，却没看到本宫的凌云峰；你有你的气度，本宫有本宫的本事；你可以轻视本宫的存在，本宫会让你见识糙米薏仁汤的口感。回宫注定是一段孤独的旅程，路上少不了三姑六婆，但那又怎样？即使是滑胎，也要滑得漂亮。本宫是甄嬛，本宫为自己代言。

食人族笑话大集合

1. 两个食人族的人应聘进了 IBM，公司人事主管晓得这两个这伙每天都要吃人，于是警告他们："假如你们胆敢在公司吃一个人，就马上炒掉你们！"两个食人族人唯唯喏喏地答应，表示绝不会在公司吃人。两个月过去了，公司平安无事。

忽然有一天，公司发现负责扫除公司卫生的清洁工不见了。人事主管非常气愤，找来两个食人族怒斥，并当场炒掉了他们。出了公司大门，一个食人族马上对另一个抱怨起来："我不断警告你不要吃有在做事的人，你就是不听！我们两个月来每天吃一个经理，没人发现。你看现在吃了清洁工，他们马上就发现了！你真是个猪！"

2. 来自美国、日本和中国的三个探险者在非洲探险时被食人族捉住，食人族酋长比较开恩，决议不吃他们，但必须罚他们每人 100 大板，并允许他们各自许下一个愿望。

首先是美国人："请把 6 个坐垫放在我屁股上。"

酋长答应了美国人的要求。可是，坐垫比较薄，打到第 70 板时，坐垫已经破烂不堪，美国人精神恍惚地嘟囔道："不管怎样，我们的民族最有创造力的。"然后便昏死过去。

轮到日本人，他目睹了美国人的惨状，于是恳求道："请在 6 个床垫放在我屁股上。"酋长答应了日本人的要求。日本人被打了 100 大板后，笑呵呵地起来说道："我们的民族是模拟力最强的民族！"

轮到中国人，中国人笑着恳求道："请把那个日本人放在我的屁股上！"

3. 非洲原始森林，旅人与当地导游。

旅人：这儿安全吗？会不会有食人族？

导游：您放心，这里很安全，非洲没有已经没有食人族了。

旅他：可是，万一剩下几个食人族怎么办？

导游：这是不可能的，上周一最后一个食人族已经被我们吃了。

4. 三名男子被食人族抓获，他们恳求食人族放过他们。

食人族首领说："你们假如能找到一些水果，我能够思索放你们一马。"

于是三个人分别找水果去了。

第一个男人回来，手里拿着一些葡萄。原来食人族首领只是想戏弄他们，他命令族人将葡萄塞进男人的直肠，男人痛楚不堪。第二个男人带回的是桔子，当然，他也难逃厄运。当憋得大汗淋漓，痛楚呻吟的两个男人看见赶回的第三个男人时，不禁大笑起来，原来，第三个男人怀抱着两个超大椰子。

5. 食人族出国旅游来到一家餐厅，打开菜谱一看，令他们非常诧异。原来，菜谱中有两道名为男汤、女汤的菜肴。食人族心想：难道这里也有食人族？

于是，食人族便询问餐厅侍者男汤、女汤是什么菜。

侍者说道："男汤是丸子汤，女汤是扇贝汤。"

6. 一个无神论者为了寻觅进化论的证据，来到了一个尚未开发的小岛。令他诧异的是。他发现当地的土著民正在浏览《圣经》。

"世上没有神，神是不存在的，你们明白吗？我来这里就是为了证实这个。"

"哦？是吗？可是假如没有神的束缚，你早就进到我肚子里去了。"

7.　某旅客在非洲旅游时，误闯进食人族的领地，被食人族捕获了。食人族的厨师长把五花大绑的旅客架到油锅面前，问道："你叫什么名字？"

旅客反问道："我都是快死的人了，晓得我的名字有什么用？！"

厨师长勃然大怒："还敢嘴硬！我不晓得你的名字，怎么写菜谱？"

8.　食人族餐厅的菜谱：

红烧猎人：15 元

煎传教士：20 元

油炸淑女：25 元

生拌政治家：1000 元

有人问，为什么"生拌政治家"如此之贵？

答案是：一、政治家太狡诈，最难捉。二、政治家的肉最嫩。三、政治家的肉太脏，洗起来最艰辛。

9.　食人族的妇女生孩子后，首先要把孩子抱给丈夫，并殷勤地说："趁热吃了吧！"

10. 食人族中的巨富带儿子出国旅游，在飞机上，儿子问爸爸："飞机上怎么这么多人？"

爸爸答道："老天爷总是保佑我们。"

儿子：那架飞机也能吃吗？

父亲：飞机跟龙虾差不多，得把皮儿拨掉，吃里面的肉。

11. 有一个探险家到亚马逊流域探险，不小心被食人族捉到了。

探险家忽然发现，酋长不但会讲英语，竟然还是剑桥大学毕业的，他顿时松了一口气，心想自己终于逃过了一劫。

他问酋长："想必在你的教导之下，族人肯定开化不少。"

酋长答复："当然，我们吃人已经开始使用刀叉了。"

“猪坚强”答记者问

问：你被困了36天，现在被救出来，你觉得你是幸运的吗？

答：幸运个屁，猪油都涨价了，我却瘦成这样了！

问：你为什么吃木炭呢？

答：你以为我不想吃地瓜啊？！

问：你被救出来的时候，你知道你在下面被埋了多少天了吗？

答：你这猪头，明明知道我是猪了还问，我哪里会算啊！

问：你还有亲人吗？

答：几个兄弟姐妹在地震前被卖到屠宰场了，不知道隔壁家的母猪还在不？

问：失去亲人，你有什么感想？

答：（猪）心很痛很悲伤。

问：你喜欢博物馆给你起的“猪坚强”这个名字吗？

答：不喜欢，很多网友都是倒过来念！

问：你的猪栏塌了，你有什么感想？

答：没什么感想，猪栏不是我的！

问：你打算到报告团去做演讲吗？

答：猪栏塌的时候，我已经哭一回了，我不想天天做报告天天哭，现在猪肉贵着呢——我还要长膘呢！

问：如果给你一个愿望，你的愿望是什么？

答：我希望以后的“生命探测议”没有“种族歧视”！

问：地震前你们动物不是有前兆的吗，为什么不逃跑？

答：我是知道要地震了，但是我怎么跑得了啊，我只有等地震震坏了猪栏我才能跑啊！

金庸笔下群英去唱KTV

段誉：……这种感觉从来不曾有，左右每天思绪每一次呼吸，心被占据，却苦无依，是我对你着了迷……（追求王语嫣）

萧峰：我是一匹来自北方的狼，走在无垠的旷野中……

虚竹：……多希望明天睡醒，身边有你，你依然留在我的怀抱里，不曾离去，是我做了梦而已……（遇到梦姑）

段正淳：爱江山更爱美人，哪个英雄好汉宁愿孤单……

玄慈：……你是我永远的痛，永远的痛……（知道私生子）

王语嫣：……爱我的人为我付出一切，我却为我爱的人独自流泪伤悲……

慕容复：你把我的女人带走，你也不会快乐很久……

岳老三：爷爷生在天地间，不求发财不做官……

丁春秋：……脖子扭扭，屁股扭扭，轻做深呼吸，学爷爷蹦蹦跳跳你也

不会老……

木婉清：……十个男人七个傻，八个呆，九个坏，还有一个人人爱……

马大元：……你好毒，你好毒，你好毒毒毒毒毒，你越说越离谱，我越听越迷糊……（当康敏说要害萧峰）

白世镜：……我一生注定没有回头路，我的泪流不住，反反复复世间无情的摆布……（被康敏勾引后）

鸠摩志：……我说我的眼里只有你，只有你让我无法忘记……（追逐六脉神剑）

慕容博：是非成败转头空，青山依旧在，几度夕阳红。

萧远山：……我的家，在东北松花江上，那里有森林煤矿，还有那漫山遍野的大豆高粱。雁门关！雁门关！从那个悲惨的时候，告别了我的家乡，离开了我的妻儿，流浪，流浪……

完颜阿骨打：……俺们那嘎都是东北人，俺们那嘎特产高丽参，俺们那嘎猪肉炖粉条，俺们那嘎都是活雷锋……

赵钱孙：……那时候天总是很蓝，日子总过得太慢，你总说毕业遥遥无期，转眼就各奔东西。谁遇到多愁善感的你，谁看了你的日记……

游坦之：……最爱你的人是我，你怎么舍得我难过，在我最需要你的时候，不说一句话就走……（被阿紫抛弃）

阿紫：……总有人不嫌烦，找理由过来搭讪，每次都会让我特别想你，觉得好孤单……

阿朱：只要你过的比我好，过的比我好，什么事都难不倒……（临死把阿紫托付给萧峰）

刀白凤：……爱上一个不回家的人，期待一扇不开启的门……

秦红棉、阮星竹、甘宝宝、王夫人：……bad boy，bad boy，你的坏让我不明白……

段延庆：……看成败，人生豪迈，只不过是从头再来……

黄药师：在那桃花盛开的地方，有我可爱的故乡，桃树倒影在宁静脸上……

洪七：鞋儿破，帽儿破，身上的衣服破，你笑我，他笑我……

一灯：……给我一杯忘情水，换我一生不伤悲……

欧阳锋：我的整个世界，面目已全非，所有爱恨疲惫，都在天上飞……（练习九阴假经）

周伯通：你说我笨，我承认，我对爱情没天分……

瑛姑：……想见你，没有你，城市再炫也没意义……

郭靖：宁静的草原上，有一个笨小孩，出生在南宋时代……

黄蓉：……你不特别，老爸都向我发出警告，你的好其实他们都不知道……

杨康：……我和我追逐的梦，擦肩而过……

穆念慈：爱上了不该爱的人，我的心中满是伤痕……

包惜弱：……谁知道又和你相遇在人海，命运如此安排，总叫人无奈，这些年过得不好不坏，只是好像少了一个人存在，而我渐渐明白，你仍然是我不变的关怀。有多少爱可以重来，有多少人愿意等待……

完颜洪烈：……你说你，想要逃，偏偏注定要落脚，情灭了，爱熄了，剩下空心要不要。春已走，花又落，用心良苦却成空，我的痛怎么形容？……

成吉思汗：向前！向前！向前！我们的队伍像太阳，脚踏着多国的大地……

傻姑：……不要问我太阳有多高，我会告诉你我有多真，不要问我星星有几颗，我会告诉你很多……

马钰：深呼吸，闭好你的眼睛，全世界有最清新氧气……（教郭靖内功）

欧阳克：……你伤害了我，还一笑而过……（被黄蓉用巨石暗算）

陈玄风、梅超风：……我和你走过雨走过风，慢慢的把心靠拢……

杨过：……只要为你再活一天我愿意，不管明天就算有更坏的消息……

小龙女：……我是一只小青龙，小青龙，我有许多小秘密，小秘密……

李莫愁：……问世间情为何物，直叫人生死相许，看世间多少故事……

独孤求败：……剑在手，问天下谁是英雄……

张无忌：……世上只有妈妈好，没妈的孩子像根草，离开了妈妈的怀抱，幸福哪里找？……

赵敏：……当王子被发现，我们向前冲吧……

周芷若：……原来我拿幸福当成了赌注，输了你我输了全部……

小昭：……我会好好的爱你，傻傻爱你，不去计较公平不公平。

殷离：……可是我，有时候，宁愿相信留恋不放手，等到风景都看透，也许你会陪我看我细水长流……

黛绮斯：……就这样被你征服，切断了所有退路……

说不得：我不想说，我很亲切，我不想说，我很纯洁……

灭绝师太：向前进向前进，革命的责任重，妇女的怨仇深……

司徒千钟：我颠颠又倒倒，好比浪涛，有万钟（种）的委屈，付之一笑……

卫壁：……不要问愿不愿意，我不会因为这样而在意，那只是昨天的一场游戏……（甩掉朱九真）

张三丰：最美不过夕阳红，温馨又从容，夕阳是晚开的花，夕阳陈年的酒。

任我行：……我不做大哥好多年，我只想好好杀一回……

令狐冲：……天之涯，地之角，知交半零落，一壶浊酒尽余欢……

任盈盈：……小妹妹吹萧郎奏琴，郎呀，咱们两个是一条心……

陆大有：猴哥，猴哥，你真了不得……

刘正风、曲洋：……me，a name，I call myself，far，a long long way to run……

阿秀：……你知不知道，你知不知道，我等到花儿也谢了……（等待石破天）

谢烟客：……挥手 bye bye，祝你们愉快！我会一个人活的精彩。

阿九：I’m a big big girl，in a big big world，it’s not a big big thing，if you leave me，but I do do feel，that I do do will，miss you much……

温仪：……眼睁睁的看着你，却无能为力，任你消失在世界的尽头。找不到坚强的理由，再也感觉不到你的温柔……

张朝唐：天边飘过故乡的云，他不停在向我召唤，当身边的微风轻轻吹起，吹来故乡泥土的芬芳……

韦小宝：满天亮的是星斗，满街看的是俩妞，大妞二妞长得好俊秀……

狄云：……是否我真的一无所有？……

精彩囧语录大集合

1.　你太矮了！借你望远镜吧，再看清楚点儿，我不帅吗？

2.　今天看见一辆吉普车，耀武扬威地停着，近前一看，车身上一幅卡通画：一个娃娃在锅边做搅和状，旁白曰：老子自己炼油用！

3.　可怜天下干爹心啊！

4.　你问我有没有宗教信仰，我说：自恋算不算？

5.　一粒盐，发了脾气就是海。

6.　你踩我的脚没事，可别踩我的鞋呀！

7.　当时间和耐心都已经变为奢侈，我们只能靠星座了解彼此。

8.　天气热得像个笑话，日子过得像句废话。

9.　我祝你孤独，并且长命百岁。

10.　你有权保持不沉默，但我们很快会让你沉默的。

11. 竟然有人谣传我涂了蓝眼影，那简直是在侮辱我的黑眼圈！

12. 别拿你的木马，挑战我的密码。

13. 我不丑，但我也不准备温柔。

14. 医生叫我进行光合作用，不要熬夜了。

15. 低调不代表没调。

16. 当你超过别人一点点，别人会嫉妒你；当你超过别人一大截，别人就会羡慕你。

17. 谁对我的感情能像……对人民币那样坚定啊？

18. 你别总是带着一脸便秘似的郁闷！

19. 比恋爱更能使人疯狂的是——失恋。

20. 一觉醒来，天都黑了……

21. 窈窕君子，淑女好逑。

22. 专家建议，每天睡眠不要超过 24 小时，差不多就行了，也别太过。

23. 我要做个下载软件，名字叫掩耳。因为迅雷不及掩耳。

24. 别和我谈恋爱，虚伪。有本事咱俩结婚。

25. 我是个哑巴，平时说话都是伪装的。

26. 别回头，哥恋的只是你的背影。

27. 现在你骂我，是因为你还不了解我，等到以后你了解了我，你一定会动手打我的。

28. 初恋无限好，只是挂得早。

伤不起！各种笑话各种雷

泼水节

泼水节上，大家彼此泼水祝福，突然一人骂道：妈的，谁泼我？旁人劝道：泼你是祝福你。

骂人者道：少来这套，谁拿开水泼我来着？

等车

今天早上上班赶公共汽车，到站台的时候，汽车已经启动。于是我边追边喊："师傅，等等我，师傅等等我呀！"

这时一位乘客伸出头冲我说了一句："悟空，你就别追了！"

岂有此理

医院的产房外，一群男子正在等着就任新爸爸。一位护士从产房匆匆走出，对其中一位说道："祝贺你，你太太生了！"

另外一位男子把烟蒂掷在地上，跳起来喊道："岂有此理！我比他先到的，为什么还没轮到我？"

扎针

小李到医院做健康检查，护士拿了针要替他抽血，他看着闪闪发亮的针头忍不住问："会不会痛啊？我怕痛！"护士说："放心好了，我做了二十几年的护士……"小李说："太好了，我放心了！"然后护士一针扎下，只听到

小李杀猪般地一声惨叫，护士才缓缓接道："没有一次不痛的。"

弄巧成拙

酒吧里，乔治独自在喝着啤酒。他想去洗手间，又怕离开后有人偷喝他的啤酒，便在桌上写了一张纸条："我在杯中吐了口水。"他回来后，发现纸上又加了一句："我也吐了一口。"

春运

春运时火车非常拥挤，某君趁停车时将屁股伸出窗外大便。车下的巡检员发现大喊：叼雪茄的胖子，把头缩回去！

我在马路边

我在马路边，看到一分钱，刚要弯腰捡，原来是口痰，哎哟，我的妈，谁吐得这么圆？

偷白菜

一次军事演习中，一棵炮弹偏离很远。派去查看的士兵发现，炮弹落在农田里，田中站着一农民，衣衫破碎满面漆黑，双眼含泪地说：偷棵白菜，犯得着用炮轰吗？

报数

还记得那年在树下的军训吗？

教练对同学们说："第一排报数！"

你惊讶地看着教练，教练又大声说了一遍："报数！"

于是，你极不情愿地转过身去抱住了树！

信鸽传情

天气忽冷忽热，在这季节心情难以平静，总挂念着远方的你，我愿养一只信鸽，让它每天飞到你处，哪怕能做的只是简简单单的一个动作：在你头上拉一泡屎！

农妇进城

某村妇首次进城，欲上茅厕，良久未遇，无奈求助警察：同志，前面有个公厕，请问母厕在哪儿？

护士与病人

护士看到一病人在病房喝酒，就走过去小声地对他说："小心肝！"

病人微笑着说："小宝贝。"

偷车

一伙计总丢车。这次，他把新买的一辆车放在楼下，上了三把锁并夹了一张纸：让你丫偷！

第二天车没丢，并且多了两把锁和一张纸，上写着：让你丫骑！

亲哪个

老师想让体育委员确认一下全班女生来齐没有，就对他说："你去把全班女生清一下。"

体委是个小色鬼，忙问："亲哪个？都亲吗？"老师无语……

《爱情公寓》30句经典爆笑台词

1. 别以为世界抛弃了你，世界根本没有空搭理你！

2. 好男人就是我，我就是曾小贤。

3. “这戒指里有一行字！”
“我知道，‘made in China’！”

4. 正所谓月黑风高夜，杀人放火天。

5. “截肢是不能生小孩的手术吧。”
“那叫结扎。”

6. 我一口盐汽水喷死你。

7. 这年头猪都涨价，凭什么你不能涨价。

8. 你就是口井——横竖都二！

9. 这里就有一部国产片，桃花侠大战菊花怪。

10. “妈咪，你也懂网球？”
“当然啦，我特别喜欢邓亚萍。”

11. 没有金刚钻就别揽瓷器活，没有金箍棒就别穿小短裙。

12. 我闻到了奸情的味道。

13. 如果脑残能飞的话，那这里简直就是飞机场嘛。

14. 现在身价不一样了，腰板硬了，说话气也不喘了。

15. 钱可以买到房子，但是买不到家；可以买到婚姻，但是买不到爱情；可以买到钟表，但是买不到时间，钱不是一切，反而是痛苦的根源。把你的钱给我，让我一个人承担痛苦吧！

16. 去你外婆家的香蕉皮，这货开挂了吧！

17. 你知道最气人的是什么吗？不是对牛弹琴，是一群牛对着你，弹硬币！

18. 每当我找到成功的钥匙，就有人把锁给换了！

19. 这鱼也就八分熟，说不定放回海里，还能游呢。

20. 一菲：我是来阳台赏月的。
小贤：哇，好精致的理由啊。
一菲：那你在这干吗？
小贤：赏日。

21. 你缺心眼儿！天下之大都大不过你缺的那块心眼儿。

22. 哎，要么投币，要么刷卡，要么滚蛋，看什么看。

23. 有刺青的不一定是坏人，有可能是岳飞。

24. 人家是陈圆圆，你（瞄胸），陈扁扁……

25. 人生自古谁无死，早死晚死都得死。

26. 你看你这张大脸，我在你旁边手机都没信号，上马路都看不见太阳！看见你我相信基因真的是会突变！

经典笑话，看一次笑一次

IPHONE为啥不能越狱

一小伙子拿了一个iPhone到苹果专卖店，诉苦道：“我昨天在论坛贴吧研究了一夜始终不能越狱。”

我估计是他技术不到家。谁知，这时小伙子的电话响了起来。我听声音有点怪，好奇地看了看：SIM卡2来电。

我顿时不淡定了……

葬礼不能这么办

某日，全家聚一块看电视剧，电视剧里播放为去世的老人办葬礼的镜头。

剧中所有人披麻戴孝，哭得声嘶力竭。然后请了农村的演出队来表演，各种衣着暴露的女子在跳大腿舞。

外婆沉默半天之后，扭头一脸严肃地对我们说：“我死了以后，你们要是敢把我的葬礼办成这样，我就爬起来把你们都带走！”

关于蚊子的事情

蚊子在身边“嗡嗡嗡嗡嗡嗡嗡”并不可怕。

可怕的是“嗡嗡嗡嗡嗡嗡嗡”，停了……

老婆喷花露水

老婆睡觉前发现有蚊子，立刻坐起来喷花露水，从头喷到脚。

老公说："给我也来点吧。"

老婆瞪眼道："你喷了，让蚊子咬谁去？"

高深莫测的微笑

有一朋友，不懂象棋，在室外高达37℃的高温下愣是看人家下了一上午的象棋。

最神奇的是，从开始到结束，他一直保持着一种高深莫测的微笑。

搞得两位老人家每走一步棋都要神情紧张地看一下他……

婚前要公正财产

一对90后结婚，两人要求婚前财产公证。

男方的其中一条协议是这样写的：所有的变形金刚都是我的。

学校查抄电炉子

大学，校卫队查抄电炉子，把大家都吵醒了，楼道里挤满了人，群情激愤。

那保卫科老师一路点头哈腰往外走，不断解释："没办法，学校规定！真是没办法！"

十分钟后他带着一群保安杀回来，耀武扬威："谁呀？刚才都谁呀？！"

你家的狗真懂事

甲每天都到乙家串门，乙家的狗开始几次总是对甲叫，后来一声也不叫了。

甲："你家的狗真懂事，这么快就认人了。"

乙："我从来就没向它介绍过你，主要是你来得太勤了，狗都懒得理你

了。”

不做家务的女人

中午，老公仔细地盯着我看了半天，说道：“不做家务的女人永远不可能美丽。”

晚上他回来晚了，没办法，我只好炒菜。

老公吃了口菜，又仔细地看我半天，说道：“做家务的女人永远都是美丽的，但是你例外。”

我想我只能罢工了。

杀猪的去搞护理

某大学生回家路途遥远，于是放假时便留校勤工俭学来锻炼自己，白天帮各肉摊送白条猪肉，晚上帮护理中心兼职。

某天晚上，在护理中心推送一个病人到住院部的时候，病床上的老太太说话了：“你是那杀猪的！你要把我推到哪里去？你要干什么？！”

我这儿有易爆品

公交车超载，乘客还在往上拥，忽听一人大声疾呼：“大家不要挤，我这儿有易爆品！”

司机大惊：“什么易爆品？！”

那人将一包东西举过头顶，气急败坏地说：“鸡蛋哪！都挤爆两个啦！”

就看见一个秃子

出差到达某城市，当地安排接机的司机打电话问我在哪里。

我说：“刚从大厅出来，哪一个是您啊？”

他说：“在对面停车场招手呢！”

“哪一个呀，我只看到一个秃子在招手。”

“那秃子就是我……”

玩真心话大冒险

班里组织去海边旅游，晚上开篝火晚会玩真心话大冒险。

我输了，被要求买串糖葫芦送给隔壁班最漂亮的女生，差点被人家班的男生集体用眼神杀死。

继续玩，又输了！这群没人性的竟然要求我去要回来！！

老爸沉迷游戏

最近老爸迷上了植物大战僵尸。

前几天老爸给我打电话，语速特别慢。

我就问他怎么了，老爸还是用特别慢的语速说：“我、被、冰、豌、豆、打、中、了。”

公园里躺着听歌

在公园草坪躺着，用手机听歌，手机放边上。

快睡着了，忽然歌声停了。我睁眼一看，一个大叔抓着我手机，惊恐地看着我。

一会儿，他龇牙一笑，把手机递给我，特诚实地说：“对哦！一拔掉你就听不见声音了。”

食堂不许用现金

最近食堂不允许用现金。

有个哥们儿去打饭，打完掏出一张10元钱。

打饭的阿姨摆摆手说不收。

那哥们儿愣了一下，说了句谢谢，拿着饭就走了……

放屁不要出声

一人在办公室里老是放响屁。同事忍不住说：“你能不能不出声？”

然后便见他坐在那摇来晃去抖个不停，又问：“你在干什么？”

那人回答说：“我调成震动的了！”

用骰子摇选择题

考试时某学生拿出骰子，摇出了十道选择题答案。

快结束时他突然又拿出来摇。

监考老师终于忍无可忍：“你在干什么？”

学生答：“我在验算。”

潘家的女婿

潘长江女儿潘阳大婚，女婿武石磊身家上亿。

神评论：恭贺潘家武家再次喜结连理。

美女盖章

早上坐公交，一美女坐我旁边，拿出一个章要往文件上盖印。

可能盖得不是很明显，她用嘴巴对着印章哈气。

哈着哈着，司机突然一个急刹车。

只见她往自己嘴上盖了个大大的“×××有限公司”的大红章……

中国最好的声音

在娱乐节目《中国好声音》的舞台上，一位选手刚开口唱了一句，天籁般的嗓音就让台下四位评委将座椅全转了过来。

这位选手是这么唱的：“是中国人就转！”

拿冠军的原因

问：叶诗文为什么游得那么快，拿到了冠军？

答：因为她是双鱼座！还因为她的英文名叫“Yes Win”！

内涵的食人经

周一到周五几兄弟被食人族抓住。

厨师问怎么吃，酋长道：“第一个多煮一会儿，第二个多放辣子和醋，第三个搁把莲子，第四个火别太大，第五个要把心切成两片，但千万别放油。”

厨师道：“周一难熬，周二辛酸，周三苦撑，周四易焦躁，周五开心，我倒是明白，但为何不放油？”

“再难做，总比被炒好！”

圆通寺的新业务

最近，云南昆明的圆通寺推出一项神奇的业务：只要在超度亲人亡灵的时候多加500元，就可以保证灵魂投胎去美国！

别乱扔橘子皮啊

一对男女在电影院看电影。

女：“你怎么把橘子皮扔在地上啊？”

男：“怎么，难道要让我扔橘子肉吗？”

穿什么会被搭讪

好友去参加婚宴，咨询我们穿什么衣服去会被搭讪，我们想了想，回答说：“穿旗袍，喜庆，还显身材！”于是穿着旗袍去。

晚上回来报告，今日果然被搭讪无数，比如，“我们桌的菜还没上齐？”“来瓶啤酒！”“请问厕所在哪里？”

看奥运会的变化

以前看奥运会：“哇，长大了我也要这么厉害！”现在看奥运会：“擦，这帮小孩怎么这么厉害！”

替奥运冠军担心

当年孙杨拿下奥运会冠军后，我就一直替他担心。

我担心韩国人说孙杨是韩国的！没过多久，果然等到了……

超糗超搞笑的那些事儿

1. 在公交车上，我是有座的，一美女就站在我的旁边。忽然，她的发卡掉到我怀里了，我从怀里捡起来还给她了，她连句“谢谢”都没说。不一会儿，她的手链又掉到我的怀里了！我以人格保证她不是故意的！我又捡起来还给她，她还是没说“谢谢”，这时我旁边的大爷说话了：“年轻人哄哄你的女朋友吧，人家和你吵架了，给你台阶下呢。”“好的，谢谢您，大爷。”美女说：“我不是她女朋友！”大爷说了一句：“过会儿就是了。”三人安静中……

2. 宿舍有一个神人姐们儿，一天晚上熄灯后，此姐们儿不停地打嗝儿，有点扰民，我们说了一句：“别打嗝了，忍着点。”结果，她忍了几分钟后憋不住了，开始放屁……放了几个屁后，很自知地觉得，放屁也扰民了，于是忍着放屁，可是放屁也忍不住了，又开始打嗝。最后，演变成打一个嗝儿，放一个屁，打一个嗝儿，放一个屁……

宿舍里的我们顿时笑翻了，让不让人睡觉了啊，神姐啊！！

3. 今天和我爸一起看电视，节目讲的是车辆在水中熄火被困时如何破窗逃生。电视上的教授细致地讲了好多。看完后，我问我爸：“你学会了吗？”我爸说：“我学会了，路过积水路面时应该先把车窗降下来，省着到时候又砸又撬的！”

我：……

4. 去白洋淀看荷花，突然心血来潮想骑摩托艇，大家都知道第一次玩必须得有人跟着，就在那个陪练坐在我后面教我的时候，我华丽丽地一个原地掉头，陪练不见了……不见了……

5. 记得大学的一个夏天，和老婆去逛街，老婆在店里看衣服，我贪凉快站在门口。这时候，一对情侣也在看衣服，女的看完了往外走的时候，男的还在继续看。这女孩走出来，挽着我的胳膊就往外走，我一脸茫然，那女孩反应过来了赶紧松手，我回头看那男的在风中凌乱……这也能挽错!

6. 记得初中时老师出了半命题作文《××压力》或《压力××》，我们都写了《成长的压力》，《考试的压力》或者是《压力下的我们》云云，唯独我们班一旷世奇才写了一篇说明文——《压力锅》!

7. 有一回，一女同学突然半含娇羞地对我开玩笑说："我怀孕了，孩子是你的。"我当时灵感那个一蹦，说了一句："呵呵，是吗？哥早就结扎了！"不知道是激动了还是怎么……我说得很大声……结果，全班都看着我……都过了好几天，还有同学看见我就问"结扎是什么样的"……

8. 新交了个男友准备介绍给闺蜜认识，为了让闺蜜觉得我和他关系很亲密，打算见面时给他一个热烈的拥抱。约在地铁站，我和闺蜜一起去的，见到我男友的瞬间我像打了鸡血一样冲了过去，结果地滑，是的，我摔倒了，无奈又没有抓的地方，我抱住了男友的大腿，惯例这不是高潮——男友近视，没认出我就算了，那货竟然一边甩腿一边后退，嘴里还说着："没有钱，没有钱，走开……"

9. 在游泳池戏水，旁边是一小萝莉。我突然想放屁，没憋住，身后冒起一大串泡泡，旁边小萝莉"哇"的一声哭了，边哭边喊："麻麻，麻麻！快跑，

水开了！”

10. 从高中时开始追《火影忍者》，现在研究生都要毕业了，还没有完结，最近爆出消息说完结至少还需要一年半的时间，无比郁闷。可听到朋友说，他追《名侦探柯南》十年，柯南才升到小学二年级，顿时心里就稍微平衡了些。

11. 初中的时候，同桌眼睛进了沙子，撑开眼皮让我吹一下。我那天感冒，嗓子有痰，用力一吹——把一口大清痰糊他眼睛上了，嘶吼声响彻教学楼……

12. 昨天坐地铁，下了楼梯在地铁安检处看到一大堆人围着一个人，凑上去一看，靠，有这等好事，居然有人在发地铁卡。以为是商家在搞活动，哥赶紧挤上去抢了一张，发卡那人先是一愣，而后把卡抢了回去，很愤怒地瞪了我一眼，然后招呼那帮人进了地铁，留下我在原地凌乱。原来他是给同行的那群人发地铁卡，哥糗大了！

13. 深夜惹女友生气了，打电话道歉，半天没人接，过了一会儿，我妈进门来，说：“你有毛病啊，大半夜打我电话……”

14. 儿子上幼儿园。中午刚把儿子接回家，一老太太带着个小女孩就找来了：“你是 ×× 的爸爸吧？你家儿子打我家丫头！”我满脸黑线啊，点头哈腰装孙子，打发走一老一小。把小兔崽子找来，问：“你不是不打女孩子的吗？今天怎么回事？！”小家伙还满委屈：“我没打她。就是早晨吃鸡蛋的时候，我们的桌子是塑料的，我敲不开。”“然后呢？”“然后我在她头上敲开的。”

15. 男朋友很早熟，上初中的时候就会写黄色小说了，写好了就给班里同学看，每次收取2角到5角不等的费用，为的就是买家里楼下的包子吃！吃货伤不起呀！

16. 某年我过生日，一个二货哥们儿突然闯进包厢，说："原来你们在这间啊！刚刚我在隔壁包间坐了十几分钟，一直在想怎么房间里的人我一个都不认识？原来进错包间了啊。"问他为什么可以坐那么久，二货哥们儿说："别人一碰杯喝酒，我也跟着喝，结果喝了七八杯酒，上洗手间经过时才看到你们在这个包间……"

17. 做梦梦见自己去当卧底了，SB地把手机塞前裤兜里露出摄像头对准黑社会的人，忽然，他们的老大来了一句："你不会是在偷拍吧？"我急忙指着手机说："没，哪能呢？在录音呢。"好囧的梦啊！

18. 有一次单位组织聚餐，大家各种喝酒，酒过三巡后，大家说东说西的。有一哥们儿可能是喝多了，拿起盘中的煎饼就当餐巾纸用来擦嘴，大家全部都瞬间石化了，都盯着他。更绝的是，数秒后，这哥们儿淡定地拿着煎饼开始卷肉丝，来了句："原生态的，再次利用。"

19. 一头母象指着旁边的小象对蚊子说："这是我和你的儿子，你不能抛弃我们！"

蚊子狂晕，愤怒地飞到小象上咬了一口。

母象："你这是干什么？"

蚊子怒道："我在验血型，看是谁的儿子！"

20. 某男生在公园闲逛，见一美女，苦无搭讪之法。突然看见了手中的手机，灵机一动顿生妙招儿，他走过去，对美女说："美女，现在几点了？"

美女看了看手机说："五点十一。"

那人看了看手机，说："我们太有缘分了，我的时间和你的竟然一模一样。"

他又问："你家是哪儿的？"

女生说："本地！"

他大惊说："哎呀，我们是老乡啊，缘分啊。"

他又问："你姓什么？"

女生说："姓吴。"

他说："真的姓吴啊？我姓张，也是中国姓氏，这太有缘分了啊。"

图书在版编目（CIP）数据

生活大爆笑 / 如来神爪编著 . — 哈尔滨：北方文艺出版社，2013.7

ISBN 978-7-5317-3121-4

Ⅰ. ①生… Ⅱ. ①如… Ⅲ. ①笑话 – 作品集 – 世界 Ⅳ. ① I17

中国版本图书馆 CIP 数据核字（2013）第 149778 号

生活大爆笑

Shenghuo Da Baoxiao

编　　者 / 如来神爪
绘　　者 / 肥　志
责任编辑 / 安　璐　赵晓丹
装帧设计 / 风　筝
出版发行 / 北方文艺出版社
地　　址 / 哈尔滨市道里区经纬街 28 号
官方网址 / www.bfwy.com
官方微博 / www.weibo.com/bfwycbs
邮　　编 / 150010
电子信箱 / hljbfwy@126.com
经　　销 / 新华书店
印　　刷 / 北京天宇万达印刷有限公司
开　　本 / 700×1000　1/16
印　　张 / 16.5
字　　数 / 200 千
版　　次 / 2013 年 7 月第 1 版
印　　次 / 2013 年 7 月第 1 次印刷
定　　价 / 22.00 元
书　　号 / ISBN 978-7-5317-3121-4